鸿雁 主编

飞花令里读诗词

中国华侨出版社

·北京·

序言

近代国学大师王国维说："唐之诗，宋之词，元之曲，皆所谓一代之文学，而后世莫能继焉者也。"不读诗词，不足以知春秋历史；不读诗词，不足以品文化精粹；不读诗词，不足以感天地草木之灵；不读诗词，不足以见流彩华章之美。

中国是一个"诗歌的国度"，古典诗词是中国传统文化的奇葩，是中华民族文化遗产中极为珍贵的一部分。早在3000多年前，我们的祖先就创作出了以"诗三百"为代表的优秀诗篇，此后每个历史时期，诗歌创作都结出了丰硕的成果，其中不少名篇佳句脍炙人口，传诵至今。它们启发着我们的心智，滋养着我们的心灵，丰富着我们的精神，陶冶着我们的人格，成为我们日常生活中的一部分。

飞花令，是中国古人在喝酒时用以助兴的一种特有的游戏，因唐代诗人韩翃的名诗《寒食》中的一句"春城无处不飞花"而得名。飞花令属于一种雅令，要求参加游戏的人必须具备较高的诗词功底，严格的飞花令在行令时不但要求含有相应的关键字，而且关键字还要按特定的顺序处于特定的位置。

本书采取飞花令的经典体例，依照古代飞花令的行令规则选取其中经常出现的春、花、秋、月、风、云、雨、雪、梅、兰、竹、菊、青、天、白、日、红、芳、绿、柳、山、水、草、木、诗、酒、离、愁、夜等29个字行令，有文学史上著名诗人和词人的代表作，有各类题材的作品精粹，也有具有广泛社会影响的名篇佳句等，比较全面地反映了古诗词的全貌，能帮助读者更好地了解古代名诗名词的概貌和更深入地领悟古典诗词的意蕴。

　　本书在设计上注重传统文化与现代审美理念的结合，省略了词牌或者曲牌后面的标题，由于篇幅的关系，我们在每飞一个字的时候只选取其中的一首诗词做详解，为其配上精确的注释和优美的文字赏析，让读者感受至美意境，体验诗情人生。

目录

春

花

1

秋

月

飞花令里读诗词

飞花令里读诗词

飞花令里读诗词

青

天

白

日

飞花令里读诗词

草

木

（夜）

春

游园不值

宋·叶绍翁

应怜屐齿印苍苔①，小扣柴扉久不开。
春色满园关不住，一枝红杏出墙来②。

【注释】

①"应怜"句：这是猜想园主人爱惜绿苔，怕被踩上鞋印子。屐：木鞋，鞋底有前后二齿，便于在泥地中行走。②"春色"二句：脱胎于陆游《马上作》"杨柳不遮春色断，一枝红杏出墙头"和南宋为一诗人张良臣《偶题》"一段好春藏不尽，粉墙斜露杏花梢"的诗意。

阳春曲

元·胡祗遹

几支红雪墙头杏，数点青山屋上屏。一**春**能得几晴明？三月景，宜醉不宜醒。

寄黄几复

宋·黄庭坚

我居北海君南海①，寄雁传书谢不能②。

<u>桃李**春**风一杯酒</u>，江湖夜雨十年灯。

持家但有四立壁③，治病不蕲三折肱④。

想得读书头已白，隔溪猿哭瘴⑤溪藤。

【注释】

①北海：当时作者在德州德平镇（今山东陵县东北）任上，地近"北海"。君：指黄几复。黄介，字几复，豫章（今江西南昌）人，作者的旧交，长期做官于岭南。黄几复任四会（今属广东）知县，地近南海。②"寄雁"句：托大雁传书，大雁推辞说不能。③四立壁：家徒四壁，一无所有。《史记·司马相如传》："相如乃与（卓文君）驰归成都，家居徒四壁立。"④"治病"句：《左传》中说定公十三年，"三折肱，知为良医"。这里反用其意，说不须多经挫折，便能深知世故。蕲：祈，求。肱：手臂。⑤瘴：瘴气。旧指南方（尤其是岭南）致人疾病的湿热之气。

野有死麕①

《诗经》

野有死麕，白茅包之。有女怀春②，吉士③
诱之。

林有朴樕④，野有死鹿。白茅纯束，有女如玉。

舒而脱脱兮，无感我帨兮，无使尨也吠。

【注释】

①麕：獐子。②怀春：思春。③吉士：对
男子的美称。④朴樕：丛生的小型灌木。

【赏析】

《野有死麕》是《诗经》中迄今为止争议最
多的诗歌之一。近代白话文学、民间文学的倡
导者顾颉刚说："《召南·野有死麕》是一首情
歌……可怜一班经学家的心给圣人之道迷蒙住
了！"顾先生所指的是以宋代经学大家朱熹为首
的"经学家们"，他们认为此乃"淫诗"，是恶行
邪说，非圣人之训。而现今人们普遍认为，《野
有死麕》只是一首简单而优美的爱情诗。并不如
郑玄所说"贞女欲吉士以礼来……又疾时无礼，
强暴之男相劫胁"，显然郑玄把"怀春"之女看

成了贞女，诗中的"吉士"也就成了强暴之男。

《野有死麕》的文字十分朴实、率真。第一段"野有死麕，白茅包之。有女怀春，吉士诱之"大致是说茂盛的山野中有只死去的獐子，白茅紧紧地包裹着它，村子里的妙龄少女刚刚春心萌动，幻想着爱情的如梦如幻，英俊的小伙子拿起锄头，背起镐头，看见可爱的姑娘们，便更加卖力地劳动，心里却暗自想着怎么追求自己心仪的女孩子。

"有女怀春，吉士诱之"这两句是导致此诗被批为"淫诗"的罪魁祸首。古时许多学者认为这是男女间淫邪的行为，有违大道。宋初欧阳修首倡此说，他认为："纣时男女淫奔以成风俗，惟周人被文王之化者能知廉耻，而恶其无礼，故见其男女之相诱而淫乱者。"意在指此篇中少女不知检点，莽撞少年更是无法无天，两人光天化日之下的偷情之举，头往有伤大雅。

这种理解未免有点偏激，且盖上了后世人的思想烙印。从《诗经》所处时代的社会风尚和习俗来看，"怀春"是很正常的一件事，妙龄少女到了恋爱的年龄春心萌动，年轻小伙子看到令自己心仪的女子想要展开猛烈的追求，这并没有什么不妥。

"林有朴樕，野有死鹿。白茅纯束，有女如玉"，有学者认为这四句交代了恋爱的地点。树林里面有一排排整齐的小树，山野里有只死去的野鹿，被白茅紧紧捆扎，少女有着姣好的容貌，白皙的皮肤，水汪汪的大眼睛，深邃如一潭湖水。天真的少女终于没能抵得了小伙子追求的攻势，害羞地答应了他，悄悄地相约相爱。

女孩子总是害羞腼腆的，两个人在一起卿卿我我，生怕被别人发现，谨慎地相互提醒"无感我帨兮，无使尨也吠"，别动

"我"的围裙，小点声音，千万别惹得狗儿乱嚷乱叫。

前两章站在第三者的立场上描绘男女之情，如同旁白一样娓娓道来，朴实率真。尤其是后一段卿卿我我时的言语，活泼生动，从侧面表现了男子的炽热直接和女子的含羞谨慎。开篇比兴，情景交融，正侧面描写相互掩映，既含蓄委婉，又露骨诱人，赞美了男女之间自然、纯真的爱情。

本诗与其他《诗经》篇目相比还有一个独到之处值得注意：它打破了章法和句法。《诗经》中的诗大多都遵循四四一句、分章复沓的结构，而《野有死麇》的存在，使得《诗经》整体不那么格式化和程式化，更显生动隽永、清新自然。现代学者周蒙、冯宇在《诗经百首译释》中就说："至于卒章三句，错互成文，且无来由，更觉'兀突'，亦当有过渡衔接词句。"他认为卒章三句由祈使句组成，相互交错，起到了过渡和衔接的作用。

《诗经》在汉代被确立为经典之后，便开始了它漫漫的"厄运"历程。《诗经》不再被人们当作一部反映古代社会生活的歌谣集来看待，而是被曲解，并附会了诸多政治因素，披上了浓重的诗教色彩，在很大程度上掩盖了《诗经》的本相。到宋代情况更为严重，针对《野有死麇》内容的解析，各种说法层出不穷，且各有依凭。《野有死麇》弥漫着"恶无礼""淫诗"，甚至"拒招隐"的色彩，这些实际上都是一种经的阐释。到了现代，《诗经》研究大师闻一多、胡适、郭沫若等人渐渐除去笼罩在《诗经》诸多篇章上的障蔽和迷雾，将《诗经》推回到歌颂爱情的轨道之上，终于使这首诗恢复了它的本相。

临江仙

明·杨慎

滚滚长江东逝水，浪花淘尽英雄①。是非成败转头空。青山依旧在，几度夕阳红。

白发渔樵江渚上，<u>惯看秋月春风</u>。一壶浊酒喜相逢。古今多少事，都付笑谈中。

【注释】

①"滚滚"两句：用杜甫《登高》诗"不尽长江滚滚来"诗意，以及苏轼《念奴娇》词"大江东去，浪淘尽，千古英雄人物"词意。

题都城南庄

唐·崔护

去年今日此门中，人面桃花相映红。人面不知何处去，<u>桃花依旧笑春风</u>。

春口

宋·朱熹

胜日寻芳泗水滨^①，无边光景一时新。
等闲^②识得东风面，万紫千红总是**春**。

【注释】

①胜日：风光美好的日子。寻芳：游赏美景。泗水：在今山东省境内，流经孔子的家乡曲阜之北。②等闲：轻易地。

花

客至

唐·杜甫

　　舍①南舍北皆春水，但见群鸥日日来。**花**径不曾缘客扫②，蓬门今始为君开。盘飧市远无兼味③，樽酒家贫只旧醅。肯与邻翁相对饮，隔篱呼取尽余杯。

【注释】

　　①舍：居舍。②缘客扫：因为有客要来而打扫。③盘飧：饭食。兼味：两种以上的味道。

西江月

宋·辛弃疾

　　明月别枝惊鹊，清风半夜鸣蝉。稻**花**香里说丰年，听取蛙声一片。

　　七八个星天外，两三点雨山前。旧时茅店社林边，路转溪桥忽见。

游山西村

宋·陆游

莫笑农家腊酒^①浑，丰年留客足鸡豚。山重水复疑无路，柳暗花明又一村。箫鼓追随春社近，衣冠简朴古风存。从今若许闲乘月，拄杖无时夜叩门。

【注释】

①腊酒：指农家在上年腊月里自酿的浊酒，多为过年时祭祖先、祭百神和自家饮用。

声声慢

宋·李清照

寻寻觅觅，冷冷清清，凄凄惨惨戚戚。乍暖还寒时候，最难将息。三杯两盏淡酒，怎敌他、晚来风急。雁过也，正伤心，却是旧时相识。

满地黄花堆积，憔悴损，如今有谁堪摘？守着窗儿，独自怎生得黑？梧桐更兼细雨，到黄昏、点点滴滴。这次第，怎一个愁字了得？

花

代悲白头翁

唐·刘希夷

洛阳城东桃李花，飞来飞去落谁家？

洛阳女儿惜颜色，坐见落花长叹息。

今年花落颜色改，明年花开复谁在？

已见松柏摧为薪①，更闻桑田变成海②。

古人无复洛城东，今人还对落花风。

年年岁岁**花**相似，岁岁年年人不同。

寄言全盛红颜子，应怜半死白头翁。

此翁白头真可怜，伊昔红颜美少年。

公子王孙芳树下，清歌妙舞落花前③。

光禄池台文锦绣，将军楼阁画神仙④。

一朝卧病无相识，三春行乐在谁边？

宛转蛾眉⑤能几时？须臾鹤发乱如丝。

但看古来歌舞地，惟有黄昏鸟雀悲。

【注释】

①松柏摧为薪：松柏被砍伐做柴火。出自《古诗十九首》："古墓犁为田，松柏摧为薪。"摧：折断。②桑田变成海：据《神仙传》记载，麻姑谓王方平曰："接待以来，已见东海三为桑

田。"③"公子"两句：是说白头翁年轻时曾和公子王孙在树下花前共赏清歌妙舞。④"光禄池台"两句：是说白头翁昔年曾出入权势之家，过着奢华的生活。光禄：光禄勋，用的是东汉马援之子马防的典故。《后汉书·马援传》(附马防传)载，马防在汉章帝时拜光禄勋，生活很奢侈。文锦绣：指以锦绣装饰池台中物。文又作"开"或"丈"，皆误。将军：指东汉贵戚梁冀，他曾为大将军。《后汉书·梁冀传》载，梁冀大兴土木，建造府宅。⑤宛转蛾眉：本为年轻女子的面部化妆，这里代指青春年华。

【赏析】

　　这首诗题又作《白头吟》，是拟古乐府。《白头吟》是汉乐府《相和歌辞》《楚调曲》旧题，古辞写女子毅然与负心男子决裂。刘希夷这首诗则是通过描写洛阳女儿对落花的感叹以及白头翁的经历，抒发了韶光易逝、红颜易老、富贵无常的感慨，揭示出自然永存而人生短促的哲理，充满了浓厚的感伤情绪。

　　刘希夷终生落魄失意，这首诗可以说是他个人心态的真实写照。诗的开头两句起兴，描绘了洛阳城东暮春时的景色，为下文表达对大好春光、妙龄红颜的赞美与留恋，对桃李花落、青春易逝的感伤与惋惜做了铺垫。

诗篇的前半部巧妙化用了东汉宋子侯《董娇娆》的词句和意境，显得更为凝练概括，加上后半部白头翁具体命运的对照，富有典型性。他广泛融会汉魏歌行、南朝近体及梁陈宫体的艺术创作经验，加以熔铸创新，取得了巨大的艺术成就。

"年年岁岁花相似，岁岁年年人不同"为千古传诵的名句。"年年岁岁"与"岁岁年年"的颠倒重复，不仅在音韵上形成了回环复沓的效果，而且让人体会到时光的不停流逝；而"花相似"和"人不同"之间的对偶、对比，深刻地揭示了自然花卉可以在天地中常新，人生青春却不可依旧的寓意，流露出人在时光迁逝、生命有限的无情事实前的徒然与无奈。

全诗汲取了乐府诗在叙事间发议论和古诗以叙事方式抒情的手法，又巧妙地交织运用对比、对偶、用典等艺术手法，使景和情完美地交融在一起，自成一种清丽婉转、绵长悠远的风格，堪称初唐诗坛的一朵奇葩。这首诗对后世也产生了颇为深远的影响。《红楼梦》中林黛玉的《葬花吟》云："桃李明年能再发，明年闺中知有谁？""明媚鲜妍能几时，一朝漂泊难寻觅。"其中就有刘希夷这首诗的影子。

一枝花

元·关汉卿

我是个蒸不烂、煮不熟、捶不扁、炒不爆、响当当一粒铜豌豆，恁子弟每谁教你钻入他锄不断、斫不下、解不开、顿不脱、慢腾腾千层锦套头①。我玩的是梁园②月，饮的是东京③酒，赏的是洛阳**花**④，攀的是章台柳⑤。我也会围棋、会蹴鞠、会打围、会插科、会歌舞⑥，会吹弹、会咽作、会吟诗、会双陆。你便是落了我牙、歪了我口、瘸了我腿、折了我手，天赐与我这几般儿歹症候，尚兀自不肯休。则除是阎王亲自唤，神鬼自来勾，三魂归地府，七魄丧冥幽。天哪，那其间才不向烟花路儿上走。

【注释】

①恁：这样，如此。斫：砍。锦套头：指风月场诱人的圈套。②梁园：汉梁孝王所建，是古时著名的游赏宴饮之所。③东京：北宋都城开封。④洛阳花：指洛阳牡丹。⑤章台柳：指代最好的妓女。⑥蹴鞠：踢球。打围：即打猎。插科：即插科打诨，指滑稽表演。

戏答元珍

宋·欧阳修

春风疑不到天涯，二月山城未见**花**。

残雪压枝犹有橘，冻雷惊笋欲抽芽。

夜闻归雁①生乡思，病入新年感物华②。

曾是洛阳花下客，野芳虽晚不须嗟③。

【注释】

①归雁：北归的雁。②物华：美好的事物。③不须嗟：不必太在意。

秋

寄扬州韩绰判官

唐·杜牧

青山隐隐水迢迢，**秋**尽江南草未凋。
二十四桥^①明月夜，玉人何处教吹箫？

【注释】

　　①二十四桥：相传有二十四位美人夜吹洞箫
于扬州西城外小桥，此处泛指扬州的桥。

沉醉东风

元·白朴

　　黄芦岸白蘋渡口，绿杨堤红蓼^①滩头。虽无
刎颈交^②，却有忘机友。**点秋**江白鹭沙鸥。傲杀
人间万户侯，不识字烟波钓叟。

【注释】

　　①红蓼：开着浅红色花儿的水蓼。②刎颈交：
刎颈之交，指可以共生死的朋友。

书愤

宋·陆游

早岁那知世事艰，中原北望气如山。
楼船夜雪瓜洲渡①，铁马**秋**风大散关。
塞上长城空自许，镜中衰鬓已先斑。
出师一表真名世，千载谁堪伯仲间？

【注释】

①"楼船"句：指南宋高宗绍兴三十一年（1161年）冬天，金主完颜亮欲自瓜洲渡江侵犯南宋，当时南宋的将领虞允文等造楼船战舰抵抗的事情。瓜洲：在江苏邗江区南，与镇江相对，又称瓜埠洲。

秋词

唐·刘禹锡

自古逢**秋**悲寂寥，我言秋日胜春朝。
晴空一鹤排云上，便引诗情到碧霄。

琵琶行

唐·白居易

浔阳江①头夜送客，**枫叶荻花秋瑟瑟**②。主人③下马客在船，举酒欲饮无管弦。醉不成欢惨将别，别时茫茫江浸月。忽闻水上琵琶声，主人忘归客不发。寻声暗问弹者谁，琵琶声停欲语迟。移船相近邀相见，添酒回灯④重开宴。千呼万唤始出来，犹抱琵琶半遮面。转轴拨弦⑤三两声，未成曲调先有情。弦弦掩抑⑥声声思，似诉平生不得志。低眉信手续续弹，说尽心中无限事。轻拢⑦慢捻抹复挑，初为《霓裳》后《六幺》⑧。大弦⑨嘈嘈如急雨，小弦切切⑩如私语。嘈嘈切切错杂弹，大珠小珠落玉盘。间关⑪莺语花底滑，幽咽泉流冰下难⑫。冰泉冷涩弦凝绝⑬，凝绝不通声暂歇。别有幽愁暗恨生，此时无声胜有声。银瓶乍破水浆迸⑭，铁骑突出刀枪鸣。曲终收拨当心画⑮，四弦一声如裂帛。东船西舫⑯悄无言，唯见江心秋月白。沉吟放拨插弦中，整顿衣裳起敛容⑰。自言本是京城女，家在虾蟆陵⑱下住。十三学得琵琶成，名属教坊⑲第一部。曲罢曾教善才服，妆成每被秋娘⑳妒。五陵年少争缠头㉑，一曲红绡㉒不知数。钿头云篦击节碎㉓，血色罗裙翻酒污。今年欢笑复明年，秋月春风等闲度。弟走从军阿姨死，暮去朝来颜色故㉔。门前冷落车马稀，老大嫁作商人妇。商人重利轻别离，前月浮梁㉕买茶去。去来㉖江口守空船，绕船月明江水寒。夜深忽梦少年事，梦啼妆泪红阑干㉗。我闻琵琶已叹息，又闻此语重唧唧㉘。同是天涯沦落人，相逢何必曾相识！我从去年辞帝京，谪居卧病浔阳城。浔阳地僻无音乐，终岁不闻丝竹声。住近湓江地低湿，黄芦苦竹绕宅生。其间旦暮闻何物，杜鹃啼血猿哀鸣。春江花朝秋月夜，往往取酒还独倾。岂无山歌与村笛，呕哑嘲哳㉙难为听。今夜闻君琵琶语㉚，如听仙乐耳暂明。莫辞更坐弹一曲，为君翻作琵琶行。感我此言良久立，却坐促弦弦转急㉛。凄凄不似向前声㉜，满座重闻皆掩泣㉝。座中泣下谁最多？江州司马青衫㉞湿。

【注释】

①浔阳江：据考，为流经浔阳城中的湓水，即今江西九江市中的龙开河（1997年被人工填埋），经湓浦口注入长江。②瑟瑟：形容枫树、芦荻被秋风吹动的声音。③主人：诗人自指。④回灯：

重新拨亮灯光。⑤ 转轴拨弦：将琵琶上缠绕丝弦的轴拧动以调音定调。⑥ 掩抑：掩蔽，遏抑。思：悲。⑦ 拢：左手手指按弦向里（琵琶的中部）推。⑧《六幺》：大曲名，又叫《乐世》《绿腰》《录要》，为歌舞曲。⑨ 大弦：指最粗的弦。⑩ 切切：细促轻幽，急切细碎。⑪ 间关：莺语流滑叫"间关"。⑫ 幽咽：遏塞不畅状。冰下难：泉流冰下阻塞难通，形容乐声由流畅变为冷涩。⑬ 凝绝：凝滞。⑭ 迸：溅射。⑮ 当心画：用拨子在琵琶的中部划过四弦，是一曲结束时经常用到的右手手法。⑯ 舫：船。⑰ 敛容：收敛（深思时悲愤深怨的）面部表情。⑱ 虾蟆陵：在长安城东南，曲江附近，是当时有名的游乐之地。⑲ 教坊：唐代官办管领音乐杂技、教练歌舞的机构。⑳ 秋娘：唐时歌舞伎常用的名字。㉑ 五陵：在长安城外，汉代五个皇帝的陵墓。缠头：用锦帛之类的财物送给歌舞伎。㉒ 绡：精细轻美的丝织品。㉓ 钿头云篦：镶嵌着花钿的发篦（栉发具）。击节：打拍子。㉔ 颜色故：容貌衰老。㉕ 浮梁：古县名，唐属饶州。在今江西省景德镇市，盛产茶叶。㉖ 去来：走了以后。㉗ 梦啼妆泪：梦中啼哭，涂过脂粉的脸上带着泪痕。阑干：纵横散乱的样子。㉘ 重：重新，重又之意。㉙ 呕哑嘲哳：形容声音嘈杂。

㉚琵琶语：琵琶声，琵琶所弹奏的乐曲。㉛却坐：退回到原处。促弦：把弦拧得更紧。㉜向前声：刚才奏过的单调。㉝掩泣：掩面哭泣。㉞青衫：黑色单衣，唐代官职低的官员官服颜色为青黑色。

【赏析】

唐宪宗元和十年（815年），白居易因主张限制藩镇势力、革除暴政，遭到藩镇势力的诬告陷害，被贬为江州司马。江州相当于现在的江西九江市，司马是当地刺史的副手。虽然表面上白居易仍然居官，但此官其实是要接受看管的。这首诗创作于此事之后的第二年，在诗的小序中，白居易虽然自言"出官二年，恬然自安"，实际上他内心的消极情绪一直处于被压抑的状态。

这一年，他"送客湓浦口"（语自原诗小序）时，"闻舟中夜弹琵琶者，铮铮然有京都声"（语自原诗小序），于是邀其共饮，听其演奏、诉说，"始觉有迁谪意"（语自原诗小序）。事后，作长诗《琵琶行》，赠予琵琶女。

"行"是乐府歌辞的一种文体，《唐音审体》中有言："歌行本出自乐府，然指事咏物……形式较自由。"汉魏以后的乐府诗常题名为"歌"或"行"，二者虽名不同，但本质上没有特别严格的区分，所以后来又统称"歌行体"，语言通俗，文辞铺展。在白居易的这首《琵琶行》中，文字上继续沿用浅白的风格，将琵琶女的悲惨遭遇和自己的"迁谪意"联系起来，两条故事线索相互映衬、并行不悖，人物形象鲜明、典型，道出了二人"同是天涯沦落人"的惺惺相惜。

诗的前八句，以简练的文字交代了整件事的地点（浔阳江头）、时间（秋夜）、人物（主人、客人）和起因（"醉不成欢惨将别""忽闻水上琵琶声"）。其中"枫叶荻花秋瑟瑟"和"别时茫茫江浸月"两句中的"枫叶""荻花"和"月"等意象，虽然色彩明丽，但是"瑟瑟""茫茫"等叠音修饰词为这番景象平添一番凄美和冷瑟。"江浸月"中的"浸"字，极具练字之妙，营造出孟浩然诗句"野旷天低树，江清月近人"中的空旷感。

这种因寒冷而凄美、因空旷而孤寂的环境描写，是诗人秋夜送客的心情反照：落寞、遗憾。以此景烘染此情，景愈发伤情，情愈发哀婉。"举酒欲饮无管弦"写友人相聚饮酒无音乐助兴，所以"醉不成欢"。作者有意点明这一点，一来是为了交代事情的起因，二来也为后文的琵琶女弹奏做铺垫。

交代了这些之后，接下来一句中的"忽闻"二字，呼应前句，突出诗人闻琴声后的惊喜，在感情上很契合前文"醉不成欢惨将别"时的遗憾。这里诗人没有用形容词直接描写诗人听到的琴声，而是用"主人忘归客不发"这一具体的动作，从反面映衬出弹琴者琴技的高超和琴声的吸引力，否则主客二人不可能不约而同地驻足倾听。

"寻声"之后的六句，写琵琶女"千呼万唤始出来"。从"寻声暗问"到"移船相近邀相见"，从"琵琶声停欲语迟"到"犹抱琵琶半遮面"，前者写主客二人寻找的急切、邀请的郑重，后者写琵琶女的犹豫、推诿，两相对比，反衬琵琶女的琴声之妙绝。

　　而琵琶女之所以姗姗来迟，不是因为她不屑为陌生人演奏，而恰恰因为心中愁苦太多，不便示人、无心诉苦。诗人之所以要设置这样的开场，也正是为了层层递进地突出琵琶女的难言之痛，同时也为后文留下悬念、做好铺垫。

　　这之后的二十四句，白居易动用通感、比喻、白描等多重艺术手法，表现琵琶女的高超琴艺、琵琶声的千变万化。

　　琴声从调音开始，"转轴拨弦三两声"是琵琶女调弦试音的白描刻画，诗人评价说"未成曲调先有情"，"情"字凸显，暗示以后的琴声情意更浓。"弦弦掩抑声声思，似诉平生不得志"，是听者闻声后的感想，呼应前句的"情"字，"说尽心中无限事"进一步点明琵琶女借曲抒情、以乐代言的演奏心理。"低眉信手续续弹""轻拢慢捻抹复挑"这两句白描，通过极细微的情态和动作表现琵琶女弹琴过程中的专注和用情。

　　接下来的十六句，写琵琶女弹奏《霓裳》《六幺》时的琴声。琴声本来是无形无相的抽象之物，难以捕捉。再好的音乐如果单靠形容词描摹，也无法让人完全领略乐调的精髓。为了规避这个缺陷，白居易一方面借助语言本身的音韵效果，多用"嘈嘈""切切"这样的叠音词摹写音乐，借诗歌本身的音韵美，凸显出音乐本身的曲调美。另一方面则借助通感，将听觉接收的音波，转化为视觉、触觉可以直观反映的具体形象，兼用贴切、巧妙的比喻，从起调的珠子零落声、急雨骤下声，到鸟鸣般的轻扬、幽泉受阻的冷瑟，再到银瓶乍进、铁骑突出般的强音突起，一曲回环，时起时落，令人遐想无限。

曲终声息，"东船西舫悄无言，唯见江心秋月白"，诗人没有做任何的评价、赞叹，却让人回味不止，仿佛整个世界都在琴声中陶醉了。这颇具寂静感的环境描写，从侧面烘托出听琴人忘情忘我的情态，而这种情态也反衬出了弹琴者的高超琴技。

"沉吟放拨插弦中，整顿衣裳起敛容"同样是动作、情态白描。"沉吟""整顿衣裳""起""敛容"等动作，暗示演奏者的心理状态：想一吐为快，却又一再犹豫。"自言"二字，自然过渡，把诗的重点从琴声移到弹琴者的身世上。在诗人的转述中，略今而详昔，大篇幅写琵琶女有才、有容的青春年华，最终却落得"门前冷落车马稀，老大嫁作商人妇"的凄凉结局。写她当前生活的诗句中，用商人的重利，表现她婚后的孤苦，用景物的冷、空、寒，渲染她内心的寂寥、无奈。

琵琶女的身世、生平诉说，如怨如慕，如泣如诉，谱写了一曲让人动容的哀歌。这样，琵琶女的形象变得立体起来，白居易借助她的言说，折射出乐伎的悲惨命运。

在此之后，"我闻琵琶已叹息，又闻此语重唧唧"承上启下，总结前文的同时，把笔锋引向诗人自己。虽然这里没有提他当初为何受贬，却用大量的笔墨描写自己的谪居环境和谪居生活。

"住近湓江地低湿，黄芦苦竹绕宅生"突出浔阳地区潮湿、偏

飞花令里读诗词

僻的特点。在这里没有像样的音乐，更没有愉悦人心的自然之声。山歌、村笛在作者听来难以入耳，杜鹃鸣叫、山猿哀鸣不听也罢，听了反而会让人更加伤心。这些正好呼应"今夜闻君琵琶语，如听仙乐耳暂明"，可以说从"浔阳地僻无音乐"到"呕哑嘲哳难为听"的诗句，都是在为这两句做铺垫。

而诗人的这番自述和琵琶女的自言相互回应，共同解释"同是天涯沦落人，相逢何必曾相识"这两句的具体内涵。从某种程度上来说琵琶女的今昔对比和诗人自己的前后遭遇有一点是相通的：曾经辉煌，如今落寞。互作倾诉后，彼此都为对方所感动，于是诗人邀请琵琶女再奏一曲。

再次写琵琶声，诗人没有再做铺陈渲染，仅用"弦弦转急"四字概括，但其中的"急"恰是琵琶女心情波动、起伏的外现。在座之人掩面而泣的场面，间接地表现出天涯沦落人之间的情感共鸣已经达到了一个高潮。最后一句诗人自问自答，再次突出个人情感，足见其内心压抑良久的悲苦释放。

秋思

唐·张籍

洛阳城里见**秋**风，欲作家书意万重。
复恐匆匆说不尽，行人临发又开封。

丑奴儿

宋·辛弃疾

少年不识愁滋味，爱上层楼，爱上层楼，为赋新词强说愁。

而今识尽愁滋味，欲说还休，欲说还休，却道天凉好个**秋**！

月

水调歌头

宋·苏轼

明月几时有？把酒①问青天。不知天上宫阙②，今夕是何年？我欲乘风归去，又恐琼楼玉宇，高处不胜寒。起舞弄③清影，何似在人间。

转朱阁，低绮户，照无眠。不应有恨，何事长向别时圆？人有悲欢离合，**月有阴晴圆缺**，此事古难全。但愿人长久，千里共婵娟。

【注释】

①把酒：端起酒杯。②阙：皇宫门前两边供瞭望的楼。③弄：赏玩。

【赏析】

这是一首望月怀人之作。中秋之夜，远谪密州的词人把酒赏月，圆圆的月儿引起了词人对弟弟苏辙的深深思念。词人驰骋想象，创造出一种皓月当空、美人千里、孤高旷远的境界，抒发了自己对理想世界的向往，在月的阴晴圆缺当中，渗进浓厚的哲学意味。

上片把酒望月。"明月几时有？把酒问青天"，这两句化用李白的《把酒问月》诗"青天有月来几时？我今停杯一问之"，点明饮酒赏月。

面对着浩渺的宇宙，词人继续发问："不知天上宫阙，今夕是何年？"将自己对明月的赞美与向往之情更推进了一层。"我欲乘风归去，又恐琼楼玉宇，高处不胜寒"，这几句写出了词人徘徊于出世与入世之间的矛盾心理。幻想中的仙境引发词人的出世之想，但经过再三考虑，还是留恋人间的温暖。

"起舞弄清影，何似在人间。"人间自有可乐处，在人间也能舞出不一样的境界。这两句写出了词人月下起舞的飘逸之姿，反映出他乐观旷达的生活态度。

下片对月怀人。"转朱阁，低绮户，照无眠"写离人：中秋佳节，同自己一样不能与亲人团圆的人不知有多少。"转""低""照"三个字写月亮的移动顺序，一字不可动。

"不应有恨，何事长向别时圆"，这两句以埋怨的语气发问，看似无理，却衬托出词人对胞弟苏辙的无限情意，以及表现出了对离人们的深深同情。

在情与理的矛盾冲突中，词人最终还是清醒地把握住了现实，道出了一个永恒的真理："人有悲欢离合，月有阴晴圆缺，此事古难全。"词人的离愁在这一刻得到了消解，卸下了心事的他向人世间发出了最美好的祝愿："但愿人长久，千里共婵娟。"既然人间的离别是难免的，那么只要亲人长久健在，即使远隔千里也还可以通过普照世界的明月把彼此的心连在一起。

这首词堪称中秋词之绝唱，胡仔编的《苕溪渔隐丛话》高度评价其说："中秋词，自东坡《水调歌头》一出，余词尽废。"

七月

《诗经》

七月流火^①，九月授衣^②。一之日^③觱发，二之日栗烈，无衣无褐，何以卒岁？三之日于耜，四之日举趾。同我妇子，馌彼南亩，田畯至喜。七月流火，九月授衣。春日载阳，有鸣仓庚。女执懿筐，遵彼微行，爰求柔桑。春日迟迟，采蘩祁祁。女心伤悲，殆及公子同归。七月流火，八月萑苇。蚕月条桑，取彼斧斨，以伐远扬，猗彼女桑。七月鸣鵙，八月载绩。载玄载黄，我朱孔阳，为公子裳。

【注释】

①七月：夏历七月。流：向下行。火：星名，又名"大火""心宿"，是天蝎星座中最亮的一颗星。每年夏历五月，火星出现在正南方，六月以后，渐偏西，七月里便向西行沉下去，天气渐渐寒冷。②授衣：将缝制冬衣的工作交给女工。③一之日：夏历十一月，也即周历正月。周历以夏历十一月为正月。以下"二之日""三之日""四之日"，以此类推。

月下独酌

唐·李白

花间一壶酒，独酌无相亲。

举杯邀明月，对影成三人。

月既不解饮，影徒随我身。

暂伴月将①影，行乐须及②春。

我歌月徘徊，我舞影零乱。

醒时同交欢，醉后各分散。

永结无情③游，相期邈云汉④。

【注释】

①将：和。②及：趁着。③无情：忘情。④云汉：天河、银河。

陌上桑

乐府

日出东南隅，照我秦氏楼。秦氏有好女，自名为罗敷。罗敷喜蚕桑，采桑城南隅。青丝为笼系，桂枝为笼钩。头上倭堕髻，耳中明月珠，缃绮为下裙，紫绮为上襦。行者见罗敷，下担捋髭须。少年见罗敷，脱帽着帩头。耕者忘其犁，锄者忘其锄。来归相怨怒，但坐观罗敷。

使君从南来，五马立踟蹰。使君遣吏往，问是谁家姝。"秦氏有好女，自名为罗敷。""罗敷年几何？""二十尚不足，十五颇有余。"使君谢罗敷："宁可共载否？"罗敷前致辞："使君一何愚！使君自有妇，罗敷自有夫。"

"东方千余骑，夫婿居上头。何用识夫婿？白马从骊驹，青丝系马尾，黄金络马头；腰中鹿卢剑，可直千万余。十五府小吏，二十朝大夫，三十侍中郎，四十专城居。为人洁白皙，鬑鬑颇有须。盈盈公府步，冉冉府中趋。坐中数千人，皆言夫婿殊。"

咏怀古迹

唐·杜甫

群山万壑赴荆门①，生长明妃尚有村②。
一去紫台连朔漠③，独留青冢④向黄昏。
画图省识春风面⑤，<u>环佩空归月夜魂⑥</u>。
千载琵琶作胡语，分明怨恨曲中论。

【注释】

　　①荆门：荆门山，在今湖北宜都市西北。②明妃：即王昭君。昭君村在归州东北。尚有村：尚有她生长的村庄。③紫台：指皇宫。朔漠：指匈奴所居之地。④青冢：即昭君墓。传说每到深秋时节，北方草木皆枯，唯独昭君墓上小草青青依旧。⑤"画图"句：意为汉元帝对着图画岂能得知昭君美丽的容颜。画图：指画工毛延寿因昭君不肯行贿于他而故意丑化她的事。省识：认识。⑥环佩：指代昭君。月夜魂：指昭君生不得归汉，只有死后的灵魂在月夜归来。

长恨歌

唐·白居易

汉皇重色思倾国，御宇多年求不得。杨家有女初长成，养在深闺人未识。天生丽质难自弃，一朝选在君王侧。回眸一笑百媚生，六宫粉黛无颜色。春寒赐浴华清池，温泉水滑洗凝脂。侍儿扶起娇无力，始是新承恩泽时。云鬓花颜金步摇，芙蓉帐暖度春宵。春宵苦短日高起，从此君王不早朝。承欢侍宴无闲暇，春从春游夜专夜。后宫佳丽三千人，三千宠爱在一身。金屋妆成娇侍夜，玉楼宴罢醉和春。姊妹弟兄皆列土，可怜光彩生门户。遂令天下父母心，不重生男重生女。骊宫高处入青云，仙乐风飘处处闻。缓歌慢舞凝丝竹，尽日君王看不足。渔阳鼙鼓动地来，惊破霓裳羽衣曲。九重城阙烟尘生，千乘万骑西南行。翠华摇摇行复止，西出都门百余里。六军不发无奈何，宛转蛾眉马前死。花钿委地无人收，翠翘金雀玉搔头。君王掩面救不得，回看血泪相和流。黄埃散漫风萧索，云栈萦纡登剑阁。峨嵋山下少人行，旌旗无光日色薄。蜀江水碧蜀山青，圣主朝朝暮暮情。行宫见月伤心色，夜雨闻铃肠断声。天旋地转回龙驭，到此踌躇不能去。马嵬坡下泥土中，不见玉颜空死处。君臣相顾尽沾衣，东望都门信马归。归来池苑皆依旧，太液芙蓉未央柳。芙蓉如面柳如眉，对此如何不泪垂？春风桃李花开日，秋雨梧桐叶落时。西宫南内多秋草，落叶满阶红不扫。梨园弟子白发新，椒房阿监青娥老。夕殿萤飞思悄然，孤灯挑尽未成眠。迟迟钟鼓初长夜，耿耿星河欲曙天。鸳鸯瓦冷霜华重，翡翠衾寒谁与共。悠悠生死别经年，魂魄不曾来入梦。临邛道士鸿都客，能以精诚致魂魄。为感君王辗转思，遂教方士殷勤觅。排空驭气奔如电，升天入地求之遍。上穷碧落下黄泉，两处茫茫皆不见。忽闻海上有仙山，山在虚无缥缈间。楼阁玲珑五云起，其中绰约多仙子。中有一人字太真，雪肤花貌参差是。金阙西厢叩玉扃，转教小玉报双成。闻道汉家天子使，九华帐里梦魂惊。揽衣推枕起徘徊，珠箔银屏迤逦开。云鬓半偏新睡觉，花冠不整下堂来。风吹仙袂飘飘举，犹似霓裳羽衣舞。玉容寂寞泪阑干，梨花一枝春带雨。含情凝睇谢君王，一别音容两渺茫。昭阳殿里恩爱绝，<u>蓬莱宫中日月长</u>。回头下望人寰处，不见长安见尘雾。惟将旧物表深情，钿合金钗寄将去。钗留一股合一扇，钗擘黄金合分钿。但教心似金钿坚，天上人间会相见。临别殷勤重寄词，词中有誓两心知。七月七日长生殿，夜半无人私语时。在天愿作比翼鸟，在地愿为连理枝。天长地久有时尽，此恨绵绵无绝期。

蝶恋花

清·纳兰性德

　　辛苦最怜天上**月**。一昔如环①，昔昔都成
玦②。若似月轮终皎洁，不辞冰雪③为卿热。

　　无那尘缘容易绝。燕子依然，软踏帘钩说。
唱罢秋坟愁未歇④，春丛认取双栖蝶⑤。

【注释】

　　①一昔如环：谓一夜满月如环。一昔：一
夜。环：圆形的玉璧。②昔昔都成玦：谓夜夜明
月都如玉玦。半环玉佩曰玦。③冰雪：谓月轮
中很冷。④秋坟：即指坟地。⑤双栖蝶：东晋
会稽梁山伯，因病而死。相传山伯曾与上虞祝英
台为同学，祝英台过山伯墓，大号恸哭，地忽自
裂，遂与山伯同葬，后双双化为蝴蝶。

风

白雪歌送武判官归京

唐·岑参

北风卷地白草折，胡天八月即飞雪。忽如一夜春风来，千树万树梨花开。散入珠帘湿罗幕，狐裘不暖锦衾①薄。将军角弓不得控，都护铁衣冷难著②。瀚海阑干③百丈冰，愁云惨淡万里凝。中军④置酒饮归客，胡琴琵琶与羌笛。纷纷暮雪下辕门，**风掣红旗冻不翻⑤**。轮台东门送君去，去时雪满天山⑥路。山回路转不见君，雪上空留马行处。

【注释】

①衾：被子。②著：穿。③瀚海：大沙漠。阑干：纵横之貌。④中军：此指中军帐内。⑤"风掣"句：意为红旗已然冰冻，风吹时不再飘动。⑥天山：在今新疆境内。

大风歌

汉·刘邦

大**风**起兮云飞扬，威加海内兮归故乡。安得猛士兮守四方!

浣溪沙

宋·晏殊

一向年光有限身，等闲离别易销魂[①]。酒筵歌席莫辞频[②]。

满目山河空念远，落花**风**雨更伤春。不如怜取眼前人。

【注释】

① 等闲：轻易。销魂：形容伤感到极点，如同魂魄离开躯壳。② 莫辞频：谓不要频频推辞。

浣溪沙

清·纳兰性德

谁念西**风**独自凉？萧萧黄叶闭疏窗。沉思往事立残阳。

被酒莫惊春睡重，赌书消得泼茶香。当时只道是寻常。

渔家傲

宋·范仲淹

塞下秋来**风**景异，衡阳雁去^①无留意。四面边声连角起^②，千嶂^③里，长烟落日孤城闭。

浊酒一杯家万里，燃然未勒归无计。羌管悠悠霜满地，人不寐，将军白发征夫泪。

【注释】

①衡阳雁去：古人认为大雁南飞至衡阳而止。②边声：边境上的马嘶、风号等声音。角：军中号角。③嶂：形容高险如屏障的山峦。

雨霖铃

宋·柳永

寒蝉凄切，对长亭晚，骤雨初歇。都门帐饮无绪①，留恋处，兰舟②催发。执手相看泪眼，竟无语凝噎③。念去去，千里烟波，暮霭沉沉楚天阔④。

多情自古伤离别，更那堪，冷落清秋节。今宵酒醒何处？杨柳岸，晓风残月。此去经年⑤，应是良辰好景虚设。便纵有千种风情⑥，更与何人说？

【注释】

①都门帐饮：在京城门外设宴饮酒。无绪：没有心情。②兰舟：兰木制成的舟，此处泛指船。③凝噎：形容喉咙里像塞了东西，说不出话来。④暮霭：傍晚的云雾。楚天：古时长江中下游一带属于楚国，故说其天空为楚天。⑤经年：年复一年。⑥风情：意趣。

【赏析】

这是一首描写相思别离的词作。词人即将要离开汴京（开封）去漂泊，另寻出路，因而不得不与爱人分离，这首词抒写的就是词人临别时的痛苦心情。

上片写临别情景。"寒蝉凄切，对长亭晚，骤雨初歇"，此三句写离别之地的景色。但词人并不是单纯描写自然景色，短短十二个字将时间、地点、事件点明了，并且以寒蝉、长亭、骤雨这几个典型意象，烘托出离别的凄清氛围。

"都门帐饮无绪，留恋处，兰舟催发"三句叙写离别时的人物活动。由于即将与爱人分别，词人面对着一桌子美酒佳肴，全无兴致。接下来词人并不直接描写两人难分难舍的情景，而通过"兰舟催发"来进行侧面烘托，以曲笔将感情深化。

"执手相看泪眼，竟无语凝噎"，这是最后的分手时刻了，词人不得不走了，两人是多么难分难舍呀，彼此紧紧握住对方的手，你望着我，我望着你，眼中满含泪水，喉头哽咽，一句话也说不出来。我们不得不佩服词人细致的笔法，用寥寥十一个字就将两人真挚的情感淋漓尽致地表达了出来，将两人的形象逼真地刻画了出来。

"念去去，千里烟波，暮霭沉沉楚天阔"，三句寓情于景，以有尽之景写无限之情。此刻词人心绪黯淡，而眼前之景也是朦朦胧胧一片，似蒙上了一层离别愁绪。

下片写想象中的别后情景。"多情自古伤离别，更那堪，冷落清秋节"，先用一句平常语起首，说那伤别情绪并不是自他始，古来就有。然后用"更那堪"推进一层，离别本就令人伤感，更何况又碰上这清寒的秋天呢。

"今宵酒醒何处？杨柳岸，晓风残月"三句承上句而来，为全篇警句。这三句是词人对当晚旅途中境况的遥想，弥漫着一层孤清寂寞的意绪。这三句之所以为后人极力推崇，是因为其中聚合了许多触动离愁之物来表达他的心情。词人想象今夜酒醒梦回后，船停靠在江岸，他独自一人对着那一弯残月、冷冷晓风。客情之冷落，风景之清幽，离愁之绵邈，完全凝聚在画面之中。

"此去经年，应是良辰好景虚设。便纵有千种风情，更与何人说"四句，改用情语，更深一层推想离别后的落寞情状。若无爱人相伴，那"良辰好景"又有什么值得流连呢？那"千种风情"又向何人诉说呢？这样的结尾蕴含无限情意。由此我们可以想到平日里他们在一起是何等恩爱，有赏不完的美景，说不完的情话，这一去令他如此痛苦。

虞美人

南唐·李煜

春花秋月何时了，往事知多少？小楼昨夜又东风，故国不堪回首月明中。

雕栏玉砌①应犹在，只是朱颜改。问君能有几多愁？恰似一江春水向东流。

【注释】

①砌：台阶。

飞花令里读诗词

云

一剪梅

宋·李清照

红藕香残玉簟^①秋。轻解罗裳，独上兰舟。云中谁寄锦书来？雁字回时，月满西楼。

花自飘零水自流。一种相思，两处闲愁。此情无计可消除，才下眉头，却上心头。

【注释】

① 簟：席子。

山行

唐·杜牧

远上寒山石径斜，白云生处有人家。
停车坐爱枫林晚，霜叶红于二月花。

白头吟

汉·卓文君

　　皑如山上雪，皎若云间月。闻君有两意，故来相决绝。今日斗酒会，明旦沟水头，蹀躞御沟上，沟水东西流。凄凄复凄凄，嫁娶不须啼。愿得一心人，白头不相离。竹竿何嫋嫋，鱼尾何簁簁。男儿重意气，何用钱刀为！

蟾宫曲

元·徐再思

　　平生不会相思，才会相思，便害相思。身似浮云，心如飞絮，气若游丝。空一缕余香在此，盼千金游子何之①？证候②来时，正是何时？灯半昏时，月半明时。

【注释】

　　①何之：到哪里去。②证候：同"征候"，症状。

满江红·写怀

宋·岳飞

怒发冲冠，凭栏处，潇潇雨歇。抬望眼，仰天长啸，壮怀激烈。三十功名尘与土，**八千里路云和月**。莫等闲，白了少年头，空悲切！

靖康耻[①]，犹未雪；臣子恨，何时灭？驾长车，踏破贺兰山[②]缺。壮志饥餐胡虏肉，笑谈渴饮匈奴血。待从头，收拾旧山河，朝天阙！

【注释】

①靖康耻：指靖康二年（1127年），徽、钦二帝被掳入北廷之事。②贺兰山：在今内蒙古境内，此代金人之地。

【赏析】

这是一首慷慨激昂的爱国词作，为千古所传诵。

50

上片写词人报国立功的宏伟心愿。"怒发冲冠，凭栏处，潇潇雨歇。抬望眼，仰天长啸，壮怀激烈"，第一句"怒发冲冠"就奠定了全词激昂豪荡的感情基调，接着词人描写自己：在潇潇的雨声停歇的时候，他凭栏望远，仰天长啸，壮怀激烈。投降派委曲求和，宋朝廷抗战不力，这令词人愤恨不已。

"三十功名尘与土，八千里路云和月"，词人认为功名如尘土，而抗金救国才值得用一生去奋斗。"莫等闲，白了少年头，空悲切"，这三句反映了词人积极进取的精神。要抗敌必须趁着年轻力壮之时，这是词人对自己、对他人的勉励与劝诫。

下片写词人收复中原的信心。"靖康耻，犹未雪；臣子恨，何时灭？驾长车，踏破贺兰山缺"，"靖康"是宋钦宗赵桓的年号。"靖康耻"，指宋钦宗靖康二年，京城汴京和中原地区沦陷，徽宗、钦宗两个皇帝被金人俘虏北去的奇耻大辱。国恨未雪，臣子的恨也不会消除。因而他要驾着战车，消灭敌军。"壮志饥餐胡虏肉，笑谈渴饮匈奴血"，充分表达了词人对金人的刻骨仇恨和报仇雪耻的决心。

"待从头，收拾旧山河，朝天阙"，这三句是说，等到击退敌军、收复中原之日，就去向圣上报捷。这里表达了词人的赤胆忠心以及对抗金必胜的信心。

秋风辞

汉·刘彻

秋风起兮白云飞，草木黄落兮雁南归。兰有秀兮菊有芳①，怀佳人兮不能忘。泛楼船兮济汾河②，横中流兮扬素波③。箫鼓鸣兮发棹歌④，欢乐极⑤兮哀情多。少壮几时兮奈老何！

【注释】

①秀：草本植物开花叫"秀"。芳：香气。"兰有秀"与"菊有芳"是互文见义，兰有秀也有芳，菊有芳也有秀。②泛：浮。泛楼船，即"乘楼船"的意思。汾河：源出山西宁武县管涔山，西南流贯全省，至万荣县西北入黄河。③扬素波：激起白色波浪。④棹歌：划船时唱的歌。⑤极：尽。

丹青引赠曹将军霸

唐·杜甫

　　将军魏武①之子孙，于今为庶为清门②。英雄割据③虽已矣，文彩风流今尚存。学书初学卫夫人④，但恨无过王右军⑤。丹青不知老将至⑥，富贵于我如浮云。开元之中常引见⑦，承恩数上南薰殿。凌烟功臣少颜色⑧，将军下笔开生面。良相头上进贤冠⑨，猛将腰间大羽箭。褒公鄂公⑩毛发动，英姿飒爽来酣战。先帝天马玉花骢⑪，画工如山貌不同⑫。是日牵来赤墀⑬下，迥立阊阖⑭生长风。诏谓将军拂绢素，意匠惨淡经营中⑮。斯须⑯九重真龙出，一洗万古凡马空。玉花却在御榻上⑰，榻上庭前屹相向⑱。至尊含笑催赐金，圉人太仆皆惆怅⑲。弟子韩干早入室⑳，亦能画马穷殊相。干惟画肉不画骨，忍使骅骝㉑气凋丧。将军画善盖有神，必逢佳士亦写真。即今飘泊干戈际，屡貌寻常行路人。途穷反遭俗眼白，世上未有如公贫。但看古来盛名下，终日坎壈缠其身。

①魏武：指魏武帝曹操。②清门：寒门。③英雄割据：指魏、蜀、吴三国鼎立。④卫夫人：东晋著名书法家。⑤王右军：指曾任右军将军的王羲之。⑥"丹青"句：意为曹霸一生沉浸于笔墨丹青中而不知老之将至。⑦引见：由内臣引领应诏朝帝。⑧凌烟功臣：贞观十七年（643年）二月，唐太宗命画功臣像于凌烟阁。开元时，玄宗曾命曹霸重画。少颜色：画的颜色因年久而暗淡。⑨进贤冠：唐代百官上朝时所戴的黑色礼冠。⑩褒公鄂公：指褒国公段志玄和鄂国公尉迟敬德。⑪玉花骢：玄宗所乘骏马名。⑫"画工"句：意为画工虽多，均不能得原马风神。⑬赤墀：皇宫内用红漆涂的台阶。⑭迥立：昂头屹立。阊阖：本指天门，此代宫门。⑮"意匠"句：指曹霸苦心构思。⑯斯须：一会儿。真龙：神马。⑰玉花：指画中的玉花骢。却在：反在。⑱"榻上"句：意为榻上马图和阶前真马两两相对，昂首屹立。⑲圉人：养马的马倌儿。太仆：掌管皇帝车马的官。惆怅：慨叹。⑳韩幹：玄宗时官太府寺丞，初以曹霸为师，后自成一派。入室：得师傅传授。㉑骅骝：骏马。

雨

永遇乐

宋·辛弃疾

千古江山，英雄无觅孙仲谋①处。舞榭歌台，风流总被，**雨**打风吹去。斜阳草树，寻常巷陌。人道寄奴②曾住。想当年，金戈铁马，气吞万里如虎③。

元嘉草草，封狼居胥，赢得仓皇北顾④。四十三年⑤，望中犹记，烽火扬州路。可堪回首，佛狸祠⑥下，一片神鸦社鼓⑦。凭谁问：廉颇⑧老矣，尚能饭否？

【注释】

①孙仲谋：三国时的吴王孙权，字仲谋，曾建都京口。②寄奴：南朝宋武帝刘裕的小名。刘裕，字德舆，小名寄奴，先祖是彭城人（今江苏徐州市），后来迁居到京口（江苏镇江市）。南北朝时期宋朝的建立者，史称宋武帝。中国历史上杰出的政治家、军事家、统帅。③"想当年"三

飞花令里读诗词

句：刘裕曾两次率领晋军北伐，收复洛阳、长安等地。④ "元嘉草草" 三句：元嘉是刘裕之子宋文帝刘义隆的年号。草草：轻率。刘义隆好大喜功，仓促北伐，反而让北魏主拓跋焘抓住机会，率兵南下，兵抵长江北岸而返，遭到对手的重创。封狼居胥：公元前119年，霍去病远征匈奴，歼敌七万余，封狼居胥山而还。狼居胥山，在今蒙古国境内。词中用 "元嘉北伐" 失利事，影射南宋 "隆兴北伐"。⑤ 四十三年：作者于1162年南归，到写该词时正好四十三年。⑥ 佛狸祠：北魏太武帝拓跋焘小名佛狸。450年，他曾反击刘宋，两个月的时间里，兵锋南下，五路远征军分道并进，从黄河北岸一路穿插到长江北岸。在长江北岸瓜步山建立行宫，即后来的佛狸祠。⑦ 神鸦：指在庙里吃祭品的乌鸦。社鼓：祭祀时的鼓声。⑧ 廉颇：战国时赵国名将。《史记·廉颇蔺相如列传》记载，廉颇被免职后，跑到魏国，赵王想再用他，派人去看他的身体情况，廉颇之仇敌郭开贿赂使者，使者看到廉颇，廉颇食米饭一斗，肉十斤，被甲上马，以示尚可用。使者回来报告赵王说："廉颇将军虽老，尚善饭，然与臣坐，顷之三遗矢（通假字，即屎）矣。" 赵王以为廉颇已老，遂不用。

【赏析】

这首词写于宋宁宗开禧元年（1205年），辛弃疾时年六十六。辛弃疾六十四岁那年被起用为浙东安抚使，起用他的是当时的执政者韩侂胄。当时金政权已经有衰落之势，韩侂胄想立伐金大功，以巩固自己的地位，积极筹划北伐。不久，辛弃疾又受命担任镇江知府，戍守江防要地京口（今江苏镇江）。辛弃疾到任后，努力为北伐做准备，他给宋宁宗和韩侂胄提了不少意见，却没被采纳。一次他登上京口北固亭，抚今追昔，写下了这篇千古传诵的杰作。

词的上片缅怀古人，借鉴历史。词人登上京口北固亭，首先想到的就是三国时期的孙权，接着又想到率领大军北伐的南朝宋武帝刘裕。孙权、刘裕，此二人当年何等威猛，率领大军驰骋沙场，气吞山河。但如今孙仲谋已经无处可寻，刘裕率兵征战之地也变成了寻常巷陌，可以说英雄的业绩已经无存了。上片中我们虽能听出英雄不再叹息，但词人借古人之事，隐约又表达了自己进取抗金、收复中原的雄心。

下片，词人再借典故抒发自己对现实的感慨。先用古事影射现实，尖锐地提出宋文帝草草北伐以致失败的历史教训，以劝诫统治者伐金必须做好军事准备。接着追思往事，恨自己英雄无用武之地。"佛狸祠下，一片神鸦社鼓"两句又转到眼前现实，表明自己的隐忧，他害怕若不早早收复中原，江北之民将忘记自己是宋室子民，安于金人的统治。最后词人以廉颇之事做结，表明自己不服老，仍希望为国效力的雄心。

风雨

《诗经》

风雨凄凄①，鸡鸣喈喈②。既③见君子，云胡不夷④？

风雨潇潇⑤，鸡鸣胶胶⑥。既见君子，云胡不瘳⑦？

风雨如晦⑧，鸡鸣不已⑨。既见君子，云胡不喜？

【注释】

①凄凄：寒凉，阴冷。②喈喈（jiē jiē）：鸡叫的声音。③既：终于。④云胡：为何，为什么。夷：平静。⑤潇潇：风雨急骤的样子。⑥胶胶：鸡叫的声音。⑦瘳（chōu）：病愈。⑧晦：昏暗。⑨已：停止。

兵车行

唐·杜甫

车辚辚①，马萧萧②，行人弓箭各在腰。耶娘妻子③走相送，尘埃不见咸阳桥。牵衣顿足拦道哭，哭声直上干④云霄。道旁过者问行人，行人但云点行⑤频。或从十五北防河，便至四十西营田。去时里正与裹头，归来头白还戍边。边庭流血成海水，武皇开边意未已。君不闻汉家山东二百州，千村万落生荆杞。纵有健妇把锄犁，禾生陇亩无东西。况复秦兵耐苦战，被驱不异犬与鸡。长者虽有问，役夫敢申恨？且如今年冬，未休关西卒。县官急索租，租税从何出？信知生男恶，反是生女好。生女犹得嫁比邻，生男埋没随百草。君不见，青海头，古来白骨无人收。新鬼烦冤旧鬼哭，天阴**雨**湿声啾啾。

【注释】

①辚辚：车行时发出的咯咯的声音。②萧萧：形容马的嘶鸣声。③妻子：妻子和儿女。④干：犯，冲。⑤点行：按丁口册强制点征入伍。

渔歌子

唐·张志和

西塞山①前白鹭飞，桃花流水鳜鱼②肥。青箬笠，绿蓑衣，斜风细雨不须归。

【注释】

①西塞山：即道士矶，在湖北大冶县长江边。②鳜鱼：俗名花鲫鱼，亦称"桂鱼"。

八声甘州

宋·柳永

对潇潇暮雨洒江天，一番洗清秋。渐霜风凄紧，关河冷落，残照当楼。是处红衰翠减，苒苒物华休。惟有长江水，无语东流。

不忍登高临远，望故乡渺邈，归思难收。叹年来踪迹，何事苦淹留？想佳人，妆楼颙望，误几回，天际识归舟。争知我，倚阑干处，正恁凝愁！

送李少府贬峡中王少府贬长沙

宋·高适

嗟君此别意何如，驻马衔杯问谪居 ^①。

巫峡啼猿数行泪，衡阳归雁几封书。

青枫江上秋帆远 ^②，白帝城边古木疏 ^③。

圣代即今多**雨露** ^④，暂时分手莫踌躇。

【注释】

①衔杯：饮酒。谪居：贬往的地方。②青枫江：在今湖南长沙。③白帝城：在今重庆奉节。④雨露：喻朝廷的恩泽。

约客

宋·赵师秀

黄梅时节家家**雨**，青草池塘处处蛙。

有约不来过夜半，闲敲棋子落灯花。

雪

定风波

宋·苏轼

常羡人间琢玉郎①，天应乞与点酥娘②。尽道清歌传皓齿，风起，**雪**飞炎海变清凉。

万里归来颜愈少，微笑，笑时犹带岭梅香。试问岭南应不好，却道："此心安处是吾乡。"

【注释】

①琢玉郎：指王巩。卢仝《与马异结交诗》："白玉璞里琢出相思心，黄金矿里铸出相思泪。"

②点酥娘：指柔奴。点酥：制作糕点时的一种裱花工艺。这里比喻柔美。

【赏析】

王巩为词人好友，因乌台诗案受牵连被贬谪到岭南。在他受贬时，其歌伎柔奴毅然随行到岭南。元丰六年（1083年），柔奴陪伴王巩从南方回来，与词人问答。词人问及广南风土，柔奴答以"此心安处是吾乡"，词人听后，大受感动，因而写下此词来赞美她。

上片写柔奴的美貌与才情。"常羡人间琢玉郎，天应乞与点酥娘"，这两句写柔奴的美丽，她天生丽质、温柔可爱。

"尽道清歌传皓齿，风起，雪飞炎海变清凉"，这三句写柔奴的才情，她通晓音律，能作曲，并且善唱，歌声悦耳。词人将柔奴沁人心脾的歌声比喻成飞雪，表现了柔奴歌声独特的艺术魅力。

下片刻画柔奴的内在美。"万里归来颜愈少"，这一句写岭南归来后柔奴的神态，洋溢着词人对于身处逆境而甘之如饴的柔奴的赞美之情。"微笑"二字，写出了柔奴在归来后的欢欣中透露出的度过艰难岁月的自豪感。"微笑，笑时犹带岭梅香"，这两句话弥漫着浓浓的诗意，既写出了柔奴北归经过大庾岭时，这一沟通岭南岭北咽喉要道上梅花盛开的情况，又以斗霜傲雪的寒梅喻人，赞美柔奴不畏艰难的刚强意志。

"试问岭南应不好，却道：'此心安处是吾乡。'"，这是词人和柔奴的对答之词，柔奴的回答铿锵有力，情味隽永，让人产生无限敬意。

采薇^①

《诗经》

采薇采薇，薇亦作止^②。曰归曰归，岁亦莫^③止。靡^④室靡家，猃狁^⑤之故。不遑启居^⑥，猃狁之故。

采薇采薇，薇亦柔^⑦止。曰归曰归，心亦忧止。忧心烈烈^⑧，载^⑨饥载渴。我戍^⑩未定，靡使归聘^⑪。

采薇采薇，薇亦刚^⑫止。曰归曰归，岁亦阳^⑬止。王事靡盬^⑭，不遑启处^⑮。忧心孔疚^⑯，我行不来^⑰！

彼尔维何^⑱？维常之华^⑲。彼路斯何^⑳？君子之车。戎车^㉑既驾，四牡业业^㉒。岂敢定居，一月三捷^㉓。

驾彼四牡，四牡骙骙^㉔。君子所依^㉕，小人所腓^㉖。四牡翼翼^㉗，象弭鱼服。岂不日戒，猃狁孔棘^㉘。

昔我往矣，杨柳依依。今我来思，雨雪霏霏。行道迟迟，载渴载饥。我心伤悲，莫知我哀！

【注释】

①薇：即野豌豆苗，可以食用。②作：初生。止：语气助词。③莫：古"暮"字。④靡：无。⑤猃狁（xiǎn yǔ）：我国北方的少数民族。⑥遑：暇。启：跪坐。居：安坐。古人席地而坐，两膝着席，跪坐时腰板伸直，臀部跟足跟离开；安坐时臀部贴在足跟上。⑦柔：幼嫩。⑧烈烈：火势猛烈的样子，这里指忧心如焚。⑨载：又。⑩戍：戍守，指驻守的地方。⑪使：使者。聘：问候。归聘：带回问候家人的音信。⑫刚：粗硬，指薇菜将老，茎叶变粗变硬。⑬阳：阴历十月。⑭靡盬（mí gǔ）：没有止境。盬：停止。⑮启处：与上文"启居"同义。⑯孔：非常。疚：痛苦。⑰来：返回，归来。⑱尔：花盛开的样子。维何：是什么。⑲常：通"棠"，棠棣。华：古"花"字。⑳路：同"辂"，古代的一种大车。斯何：同"维何"。㉑戎车：兵车，战车。㉒牡：雄马。业业：高大健壮的样子。㉓捷：通"接"，即接战。㉔骙骙：强壮的样子。㉕依：乘。㉖腓：蔽护，掩护。㉗翼翼：行列整齐的样子。㉘棘：同"急"。

永遇乐

宋·李清照

落日熔金，暮云合璧，人在何处？染柳烟浓，吹梅笛怨，春意知几许？元宵佳节，融和天气，次第岂无风雨？来相召、香车宝马，谢他酒朋诗侣。

中州盛日，闺门多暇，记得偏重三五①。铺翠冠儿②，捻金雪柳③，簇带争济楚④。如今憔悴，风鬟雾鬓⑤，怕见夜间出去。不如向、帘儿底下，听人笑语。

【注释】

①三五：指元宵节。②铺翠冠儿：插着翠鸟羽毛的女士帽子。③捻金雪柳：以金丝做点缀的绢花。④簇带：成簇的插戴。济楚：漂亮美好。⑤风鬟雾鬓：此处形容女子头发蓬松散乱，久未梳理。

塞鸿秋

元·郑光祖

雨余梨雪开香玉，风和柳线摇新绿。日融桃锦堆红树，烟迷苔色铺青褥。王维旧画图，杜甫新诗句。怎相逢不饮空归去？

行路难

唐·李白

金樽清酒斗十千，玉盘珍羞值万钱。停杯投箸不能食，拔剑四顾心茫然。欲渡黄河冰塞川，将登太行雪满山。闲来垂钓碧溪上，忽复乘舟梦日边。行路难，行路难，多歧路，今安在。长风破浪会有时，直挂云帆济沧海。

送卢员外

唐·薛涛

玉垒山前风雪夜，锦官城外别离魂。
信陵公子如相问，长向夷门感旧恩。

清江引

元·吴西逸

白雁乱飞秋似雪①，清露生凉夜。扫却石边云②，醉踏松根月，星斗满天人睡也。

【注释】

①白雁：白色的雁。雁多为黑色，白色的雁较为稀少。元代谢宗可有《白雁》诗："影乱飞鸥回远浦，阵迷宿鹭落平沙，声声唤起苏郎恨，为带吴霜染鬓华。"②石边云：古人认为云从石头中生出，此指山中雾气。

梅

雪梅

宋·卢梅坡

梅雪争春未肯降，骚人阁笔费评章。

梅须逊雪三分白，雪却输梅一段香。

杂诗

唐·王维

君自故乡来，应知故乡事。

来日绮窗前^①，寒梅著花^②未?

【注释】

①来日：指动身前来的那天。绮窗：雕饰精美的窗子。②著花：开花。

飞花令里读诗词

踏莎行

宋·欧阳修

候馆**梅**残，溪桥柳细。草薰风暖摇征辔。离愁渐远渐无穷，迢迢不断如春水。

寸寸柔肠，盈盈粉泪。楼高莫近危阑倚。平芜尽处是春山，行人更在春山外。

点绛唇

宋·李清照

蹴罢秋千，起来慵整纤纤手。露浓花瘦，薄汗轻衣透。

见有人来，袜刬①金钗溜。和羞走。倚门回首，却把青**梅**嗅。

【注释】

①袜刬（chǎn）：来不及穿鞋，只穿着袜子在地上行走。

长干行

唐·李白

妾发初覆额，折花门前剧。郎骑竹马来，绕床弄青**梅**。同居长干里，两小无嫌猜。十四为君妇，羞颜未尝开。低头向暗壁，千唤不一回。十五始展眉，愿同尘与灰。常存抱柱信，岂上望夫台。十六君远行，瞿塘滟滪堆。五月不可触，猿声天上哀。门前迟行迹，一一生绿苔。苔深不能扫，落叶秋风早。八月蝴蝶黄，双飞西园草。感此伤妾心，坐愁红颜老。早晚下三巴，预将书报家。相迎不道远，直至长风沙。

与史郎中钦听黄鹤楼上吹笛

唐·李白

一为迁客去长沙，西望长安不见家。
黄鹤楼中吹玉笛，江城五月落**梅**花。

折桂令·微雪

元·佚名

朔风寒吹下银沙。蠹砌^①穿帘，拂柳惊鸦。轻若鹅毛，娇如柳絮，瘦似梨花。多应是怜贫困天教少洒，止不过庆丰年众与^②农家。数片琼葩，点缀槎丫^③。<u>孟浩然容易寻**梅**</u>^④，陶学士不够烹茶^⑤。

【注释】

①蠹砌：在台阶上留下蛀痕。蠹：蛀书的白色小虫。②众与：普遍地给予。③槎丫（chá yā）：乱枝。④"孟浩然"句：元人流传孟浩然踏雪寻梅的误说。⑤"陶学士"句：北宋初翰林学士陶谷，在冬日用雪水煮茶，以为韵事。

【赏析】

这首小令的题目是"微雪"，而作者亦围绕着"微"字做足了文章。

首句中的"朔风寒吹"四字，说明天寒风

大，很容易让人想起大雪纷飞落九天的场景。然而后面紧跟着"下银沙"三字，这是比喻雪花的微细。雪花微细，落到台阶上很快融化，曲中的"蠹砌"二字用得非常生动，雪粒融化的痕迹就好像蠹虫在台阶上蛀出了一个个小洞。由于雪花细小，也竟然"穿帘"而入了。这一场雪势，连柳枝都压不弯，但惊起寒鸦，动静之间，紧扣"微雪"之题。

接着又运用三组比喻形容微雪的特质，其轻若鹅毛，柔靡如柳絮，瘦冷似梨花，加强了读者对这一场微雪的真实感受。

下面描述人事的两组对句构思新巧。首先暗用东汉袁安典故。据《汝南先贤传》记载，汝南大雪，洛阳令亲自巡访民户。到了袁安家门前，看到其门前积雪没有扫除，以为他已饿死，进到屋中，看到袁安僵卧在床上。洛阳令问袁安为何不出门求助，袁安回答道："大雪人皆饿，不宜干人。"这说明大雪天对于平民百姓来说，无异于一场灾难。"多应是怜贫困天教少洒"，这是对上天降微雪的善意臆测；下句"止不过庆丰年众与农家"又似在埋怨天公仅降微雪作为虚浮。前后矛盾的两句猜度之语让人玩味不尽，从中可见本曲冷峭的风格。

以下"数片琼葩，点缀槎丫"两句意境清新，此曲由此转入表现冬雪"韵雅"的内涵。末尾用"孟浩然""陶学士"的典故，组成了一组对句。天上降下微雪，正好暗合了孟浩然"踏雪寻梅"的典故。可是由于降下来的雪实在太少了，故而陶谷以雪水烹茶的雅举不能实现。这两个句子互相矛盾，无不表现出"微雪"的影响。

三

离骚（节选）

战国·屈原

何琼佩之偃蹇兮①，众薆然而蔽之？惟此党人之不谅②兮，恐嫉妒而折之。时缤纷其变易兮，又何可以淹留③？**兰芷变而不芳兮**，荃蕙化而为茅。何昔日之芳草兮，今直为此萧艾也？岂其有他故兮，莫好修之害也！余以兰为可恃兮，羌无实而容长④；委⑤厥美以从俗兮，苟得⑥列乎众芳。

椒专佞以慢慆兮，樧又欲充夫佩帏；既干进而务入兮，又何芳之能祗！固时俗之流从兮，又孰能无变化？览椒兰其若兹兮，又况揭车与江离？惟兹佩之可贵兮，委厥美而历兹⑦；芳菲菲而难亏兮，芬至今犹未沫⑧。和调度⑨以自娱兮，聊浮游而求女；及余饰之方壮兮，周流观乎上下。

灵氛既告余以吉占兮，历⑩吉日乎吾将行。折琼枝以为羞⑪兮，精琼爢以为粻。为余驾飞龙兮，杂瑶象以为车；何离心之可同兮，吾将远逝以自疏！邅吾道夫昆仑兮，路修远以周流；扬云霓之晻蔼兮，鸣玉鸾之啾啾⑫。朝发轫于天津兮，夕余至乎西极；凤皇翼其承旂兮，高翱翔之翼翼⑬。

忽吾行此流沙兮，遵赤水而容与；麾蛟龙使梁津兮，诏西皇使涉予。

路修远以多艰兮，腾众车使径待；路不周以左转兮，指西海以为期。屯余车其千乘兮，齐玉轪而并驰；驾八龙之婉婉兮，载云旗之委蛇。抑志而弭节兮，神高驰之邈邈；奏《九歌》而舞《韶》兮，聊假日以媮乐。陟升皇之赫戏兮，忽临睨夫旧乡；仆夫悲余马怀兮，蜷局顾而不行。乱曰：已矣哉！国无人莫我知兮，又何怀乎故都？既莫足与为美政兮，吾将从彭咸之所居。

【注释】

①琼佩：玉树枝做的佩。此处是自喻。偃蹇（yǎn jiǎn）：繁盛而高贵的样子。②谅：诚实，信用。③淹留：久留。④羌：发语词。容：外表。长：美好。古人以长为美。⑤委：弃。⑥苟得：能够得到，实际上还配不上。⑦委：作"秉"解释，把持，坚持。历兹：至今。⑧沬：消失，消散。⑨和：调和，缓和。调度：调整。⑩历：选择，挑选。⑪羞：这里泛指菜肴。⑫玉鸾：玉制的车铃，挂在车前的横木上，形状像鸾鸟。啾啾：铃声。⑬翼翼：整齐和谐的样子。

木兰诗

南北朝·佚名

　　唧唧复唧唧，木兰当户织。不闻机杼声，唯闻女叹息。问女何所思？问女何所忆？女亦无所思，女亦无所忆。昨夜见军帖，可汗大点兵，军书十二卷，卷卷有爷名。阿爷无大儿，木兰无长兄，愿为市鞍马，从此替爷征。

　　东市买骏马，西市买鞍鞯，南市买辔头，北市买长鞭。旦辞爷娘去，暮宿黄河边。不闻爷娘唤女声，但闻黄河流水鸣溅溅。旦辞黄河去，暮至黑山头，不闻爷娘唤女声，但闻燕山胡骑鸣啾啾。

　　万里赴戎机，关山度若飞。朔气传金柝，寒光照铁衣。将军百战死，壮士十年归。

　　归来见天子，天子坐明堂。策勋十二转，赏赐百千强。可汗问所欲，<u>木兰不用尚书郎</u>，愿驰千里足，送儿还故乡。

　　爷娘闻女来，出郭相扶将。阿姊闻妹来，当户理红妆。小弟闻姊来，磨刀霍霍向猪羊。开我东阁门，坐我西阁床。脱我战时袍，著我旧时裳。当窗理云鬓，对镜帖花黄。出门看火伴，火伴皆惊忙。同行十二年，不知木兰是女郎。

　　雄兔脚扑朔，雌兔眼迷离。双兔傍地走，安能辨我是雄雌？

飞花令里读诗词

无题

唐·李商隐

昨夜星辰昨夜风，画楼西畔桂堂东。

身无彩凤双飞翼，心有灵犀①一点通。

隔座送钩②春酒暖，分曹射覆蜡灯红。

嗟余听鼓应官去，走马兰台类转蓬。

【注释】

　　①灵犀：旧说犀牛角中有白纹如线，直通两端。②送钩：古时的一种游戏，将钩暗中传递，藏于一人手中，未猜中者罚酒。

从军行

唐·王昌龄

青海长云暗雪山，孤城遥望玉门关。

黄沙百战穿金甲，不破楼兰终不还。

蝶恋花

宋·晏殊

槛菊^①愁烟兰泣露，罗幕^②轻寒，燕子双飞去。明月不谙^③离别苦，斜光到晓穿朱户。

昨夜西风凋碧树，独上高楼，望尽天涯路。欲寄彩笺兼尺素^④，山长水阔知何处。

【注释】

①槛菊：栏杆旁的菊花。②罗幕：丝罗做的帷幕，此指屋内。③谙：知晓。④彩笺兼尺素：指书信、题诗。

【赏析】

这是一首怀人之作，抒发的是对恋人的思念之情。

词的上片写景，词人寓情于景，点明离恨的

主题。"槛菊愁烟兰泣露",这句写秋日庭院中的景物。主人公怀着愁怨的心情观赏园子里的菊与兰,只见菊含愁、兰泣露。这里词人将主观感情移于客观景物,用"愁烟""泣露"将它们人格化,表现出主人公深深的哀愁。

"罗幕轻寒,燕子双飞去",此二句写幽居之人的感受。成双的燕子必然会给幽居独处的主人公带来很大刺激,愈发衬托出他的孤独。

"明月不谙离别苦,斜光到晓穿朱户",回过头去写昨夜之景况,点明离恨。明月本是无知无觉的自然之物,它自然不了解离别之苦,这样看来,主人公的埋怨就显得无理了。但这种看似无理的埋怨,却有力地反映出了他被离别折磨得痛苦至极的心理状态。

下片写登楼望远的所见所感。"昨夜西风凋碧树,独上高楼,望尽天涯路",主人公登上高楼,以寄托自己的一片相思之情,可他眼前所看到的是一片残败凄凉之景,为他落寞的心情更添上一份惆怅。

望眼欲穿而仍不见所思,因而他"欲寄彩笺兼尺素",可转念一想,却是"山长水阔知何处"。主人公望人却不得见,欲寄书却无法实现,最终只能无奈地陷入更深的愁思之中。

墨兰

明·徐渭

醉抹醒涂总是春，百花枝上缀精神。

自从画取湘兰后，更不闲题与别人。

浣溪沙

宋·苏轼

轻汗微微透碧纨。明朝端午浴芳兰。流香涨腻满晴川。

彩线轻缠红玉臂，小符斜挂绿云鬟。佳人相见一千年。

竹

惠崇《春江晚景》

宋·苏轼

竹外桃花三两枝，春江水暖鸭先知。
蒌蒿满地芦芽短，正是河豚欲上时。

元日

宋·王安石

爆竹声中一岁除，春风送暖入屠苏①。
千门万户瞳瞳②日，总把新桃换旧符③。

【注释】

①屠苏：酒名。古代风俗，正月初一日合家饮屠苏酒。②瞳瞳：太阳初出渐渐明亮的样子。③桃符：古代风俗，元旦日用桃木板绘神茶、郁垒二神像（或书其名），悬挂门旁，以避邪，后来逐渐被春联代替。

梦后寄欧阳永叔

宋·梅尧臣

不趁常参久^①，安眠向旧溪^②。

五更千里梦，残月一城鸡^③。

适往言犹是^④，浮生理可齐^⑤。

山王今已贵^⑥，肯听**竹禽**^⑦啼？

【注释】

①"不趁"句：很久没有上朝见驾了。趁：赴。常参：指群臣每日参见皇帝。②旧溪：宣城有宛溪、句溪。因为是故园，所以称旧溪。③一城鸡：指满城的鸡鸣声。④"适往"句：意思是说过去说过的话，现在看来仍然是对的。⑤"浮生"句：人的生死在道理上也是可以等量齐观的。⑥山王："竹林七贤"中的山涛、王戎。贵：显贵。⑦竹禽：鸟名，即竹鸡，生活于江南竹林，喜啼。

小重山

宋·岳飞

　　昨夜寒蛩^①不住鸣，惊回千里梦，已三更。起来独自绕阶行，人悄悄，窗外月胧明。

　　白首为功名，<u>旧山^②松竹老</u>，阻归程。欲将心事付瑶琴，知音少，弦断有谁听？

【注释】

　　①蛩：蟋蟀。②旧山：旧日家乡的山，既指岳飞故乡河南汤阴，又指当时已经沦陷的中原地区。

【赏析】

　　这是一首书愤词，作于词人入狱不久前。失去军权的词人，深感无力回天，内心抑郁悲愤。

　　词的上阕写作者幽思深远的情状，化用了阮

籍《咏怀》诗中"夜中不能寐，起坐弹鸣琴"的意境。

"昨夜寒蛩不住鸣"写景：夜半时分，寒气逼人，蟋蟀鸣叫的声音从窗外不停地传来。词人运用以动衬静的手法，"寒蛩"鸣叫之声越是响亮、持久，越显得夜色深沉、寂寥。

夜已三更，本已入睡的词人为蟋蟀声所扰，从梦境中惊醒。"千里"二字点出词人梦境的内容：词人虽身在此地，但梦境中却已飞越千里，在抗金前线与金人奋力厮杀，词人深切的爱国情、深重的忧思可见一斑。

词人惊醒后再无法入睡，"起来独自绕阶行"，希望借此排遣心中的愁绪。"绕"字运用得十分传神，词人一遍遍在台阶上来回行走的行为表露了他虽然焦灼于现实却又无计可施的困境。"人悄悄，帘外月胧明"的凄清环境更突出了词人的寂寥，在这夜深人静的时刻陪伴词人的只有帘外那几抹朦胧的月光。

下片抒写收复失地受阻、心事无人理解的苦闷。"白首为功名，旧山松竹老，阻归程"，他为了平定中原，抗战到老，但多年的辛劳仍旧没能实现少时的愿望，收复中原还遥遥无期，因而回乡养老几乎已不可能。"欲将心事付瑶琴，知音少，弦断有谁听？"想要将自己一腔报国热情弹给知音听，可惜知音太少，即便将琴弦弹断，也无人能懂。这最后三句尤显悲伤。

佳人

唐·杜甫

绝代有佳人，幽居在空谷。自云良家子①，零落依草木。关中昔丧乱②，兄弟遭杀戮。官高何足论③，不得收骨肉。世情恶衰歇④，万事随转烛⑤。夫婿轻薄儿，新人美如玉。合昏⑥尚知时，鸳鸯不独宿。但见新人笑，那闻旧人哭。在山泉水清，出山泉水浊⑦。侍婢卖珠⑧回，牵萝补茅屋。摘花不插发⑨，采柏动盈掬⑩。天寒翠袖薄，日暮倚修**竹**。

【注释】

①良家子：好人家的女儿。②丧乱：指安禄山攻陷长安之事。③官高何足论：意为官高显赫又有什么用呢。④世情恶衰歇：意为世人总是厌恶衰落破败。歇：衰退。⑤万事随转烛：意为世上的事情好像随风抖动的蜡烛，变化无常。⑥合昏：夜合花，叶子朝舒夜合。人们常以此比喻夫妻恩爱。⑦"在山"两句：喻自己隐于山中贞节自守，不愿因进入世俗而污浊了自己。⑧卖珠：指因为生活贫困而变卖珠宝。⑨摘花不插发：意为无心修饰打扮。⑩动：动辄。盈掬：一满把。

念奴娇

宋·黄庭坚

　　断虹霁雨①，净秋空，山染修眉新绿。桂影扶疏②，谁便道，今夕清辉不足？万里青天，姮娥何处，驾此一轮玉。寒光零乱，为谁偏照醽醁③？

　　年少从我追游，晚凉幽径，绕张园森木。共倒金荷家万里，难得尊前相属④。老子平生，江南江北，最爱临风曲。孙郎⑤微笑，坐来声喷霜竹⑥。

【注释】

　　①霁雨：雨停。②桂影：月中之影。古人以为月宫中有桂树，故云。扶疏：形容月中桂影斑驳。③醽醁（líng lù）：美酒名。④属：劝酒。⑤孙郎：即孙彦立。⑥霜竹：指笛。

桃源行

唐·王维

　　渔舟逐水^①爱山春，两岸桃花夹古津^②。坐看红树不知远，行尽青溪忽值人。山口潜行始隈隩^③，山开旷望旋平陆。遥看一处攒^④云树，<u>近入千家散花竹</u>。樵客初传汉姓名，居人未改秦衣服。居人共住武陵源，还从物外^⑤起田园。月明松下房栊^⑥静，日出云中鸡犬喧。惊闻俗客^⑦争来集，竞引^⑧还家问都邑。平明闾巷扫花开，薄暮渔樵乘水入。初因避地去人间，更问神仙遂不还。峡里谁知有人事，世中遥望空云山。不疑灵境难闻见，尘心未尽思乡县。出洞无论隔山水，辞家终拟长游衍。自谓经过旧不迷，安知峰壑今来变。当时只记入山深，青溪几度到云林。春来遍是桃花水，不辨仙源何处寻。

【注释】

　　①逐水：沿着溪水。②古津：古渡口。③隈隩（wēi yù）：曲窄幽深。④攒：聚集。⑤物外：世外。⑥房栊：房舍。栊：窗户。⑦俗客：指误入桃花源的渔人。⑧竞：竞相。引：引领。

菊

赠刘景文

宋·苏轼

荷尽已无擎雨盖，**菊**残犹有傲霜枝。
一年好景君须记，最是橙黄橘绿时。

饮酒

晋·陶渊明

结庐在人境①，而无车马喧。问君何能尔②？
心远地自偏。采**菊**东篱下，悠然见南山③。山气
日夕④佳，飞鸟相与还。此中有真意，欲辨已
忘言。

【注释】

①结庐：构筑屋子。人境：人间，人类居住
的地方。②尔：如此、这样。③悠然：自得的
样子。南山：指庐山。④日夕：傍晚。

九日寄行简

唐·白居易

摘得**菊**花携得酒，绕村骑马思悠悠。
下邽田地平如掌，何处登高望梓州。

过故人庄

唐·孟浩然

故人具鸡黍①，邀我至田家。
绿树村边合②，青山郭外斜。
开轩面场圃③，把酒话桑麻。
待到重阳日④，还来就⑤**菊**花。

【注释】

①具：准备。鸡黍：农家丰盛的饭菜。黍：黄米饭。②合：环绕。③轩：窗户。场圃：打谷场和菜圃。④重阳日：阴历九月初九重阳节，古人有登高饮菊花酒的习俗。⑤就：赴。

【赏析】

诗的第一、二句从应邀写起，文字上毫无渲染，正说明彼此间的情谊已近乎至交，无须客套。故人准备了鸡黍相邀，"我"欣然前往。鸡黍虽然为平常之物，田庄是平凡之所，故人相邀却别有意趣。诗人带着真诚的喜悦一路行来，未至村庄先见庄外绿树环抱，青山斜卧，远近相映，风景宜人，有清淡幽静之意，无孤僻冷傲之感。在故人家里打开轩窗，对着打谷场和菜园，呼吸田野间的清新空气，和故人一边饮酒，一边闲话田园桑麻之事。这样恬静安乐的田园生活，这样能促膝对晤的老朋友，诗人深感沉醉，便觉欢会之短暂，于是又与主人相约，等重阳日菊花盛开之际再来开怀畅饮。一个"就"字，表明到了重阳日，不必邀约自会前来，诗人的率真洒脱于此可见。

一个普通的农庄、一顿寻常的农家饭，诗中对这次相聚似乎只是信口道出，没有任何雕饰，而这种平易近人的风格却正与诗中朴实的田园生活和谐一致，显得亲切有味，宛如闲话家常一般，富有浓厚的生活气息，还有一种清新的田园味道。各诗句之间平衡均匀，共同构成了一个完整的意境，不着痕迹地将清幽秀美的农村风光和淳朴真挚的情感融为一体。

飞花令里读诗词

寻陆鸿渐不遇

唐·皎然

移家虽带郭^①，野径入桑麻。

近种篱边**菊**，秋来未著花^②。

扣门无犬吠，欲去问西家^③。

报道^④山中去，归来每日斜。

【注释】

①移家：迁居。带：近。②著花：开花。③西家：西边的邻居。④报道：回答说。

近种篱边菊

菊

长安晚秋

唐·赵嘏

云物凄清拂曙流，汉家宫阙动高秋。

残星几点雁横塞，长笛一声人倚楼。

紫艳半开篱**菊**静，红衣落尽渚莲愁。

鲈鱼正美不归去，空戴南冠学楚囚。

菊花

唐·元稹

秋丛绕舍似陶家，遍绕篱边日渐斜。

不是花中偏爱**菊**，此花开尽更无花。

飞花令里读诗词

青

闻官军收河南河北

唐·杜甫

剑外忽传收蓟北，初闻涕泪满衣裳。

却看妻子愁何在，漫卷诗书喜欲狂。

白日放歌须纵酒，青春作伴好还乡。

即从巴峡穿巫峡，便下襄阳向洛阳。

卖花声

元·乔吉

肝肠百炼炉间铁，富贵三更枕上蝶①，功名两字酒中蛇。尖风②薄雪，残杯冷炙③，掩青灯竹篱茅舍。

【注释】

①枕上蝶：化用庄生梦蝶的典故。②尖风：指刺骨的寒风。③冷炙：指已冷的菜肴。

飞花令里读诗词

遣怀

唐·杜牧

落魄江湖载酒行，楚腰纤细掌中轻①。
十年一觉扬州梦，赢得青楼薄幸名。

【注释】

①楚腰：用楚灵王好细腰之典故。掌中轻：用汉赵飞燕体轻能在掌上起舞之典故。

南乡子

清·纳兰性德

泪咽却无声，只向从前悔薄情。凭仗丹青①重省识，盈盈②，一片伤心画不成③。
别语忒分明，午夜鹣鹣梦早醒。卿自早醒侬自梦，更更，泣尽风檐夜雨铃。

【注释】

①丹青：指画。②盈盈：形容美女之词。③一片伤心画不成：谓眼前一片伤心之景作不成画。

蝶恋花

宋·苏轼

花褪残红青杏小，燕子飞时，绿水人家绕。枝上柳绵①吹又少，天涯何处无芳草！

墙里秋千墙外道，墙外行人，墙里佳人笑。笑渐不闻声渐悄，多情却被无情恼。

【注释】

① 柳绵：柳絮。

【赏析】

这是一首描写春景的清新婉丽之作，上片伤春，下片伤情，表现了词人对春光流逝的叹息，以及自己的情感不为人知的烦恼。

上片描写暮春景致。"花褪残红青杏小"，红艳艳的花瓣已经从枝头落尽，要到夏季才能黄熟的杏子现在还又青又小。首句就点明时令，隐含着词人的伤春情绪。"燕子飞时，绿水人家绕"，词人将视线离开枝头，移向广阔的空间，为我们描绘出一幅秀丽的水乡风光图，一扫起句的悲凉。

紧接着，词人又看到了这样一幅景象——"枝上柳绵吹又少，天涯何处无芳草"。枝上的柳絮被风吹得飘零殆尽，芳草一直绵延到天边。这正是春天即将逝去的典型景色。伤春之感，惜春之情，以及自己的身世之慨，隐隐见于言外。

下片写人。"墙里秋千墙外道，墙外行人，墙里佳人笑"，行人孑然一身，徘徊于围墙之外，而墙内传出姑娘的阵阵欢笑声。这三句虽然没有明写词人心中的情感，但我们却能够领会到他的落寞。

"笑渐不闻声渐悄，多情却被无情恼"，心境凄苦的词人想倚着墙多听一会儿姑娘的欢笑，以排遣自己心中的抑郁，可是笑声却渐渐消失了，让词人好一阵烦恼。

全词寓情于景，蕴藉有味，虽不缠绵悱恻却感人至深。

出都留别诸公

清·康有为

天龙作骑万灵从，独立飞来缥缈峰。

怀抱芳馨兰一握，纵横宙合雾千重。

眼中战国成争鹿，海内人才孰卧龙？

抚剑长号归去也，千山风雨啸青锋！

过零丁洋

宋·文天祥

辛苦遭逢起一经①，干戈寥落四周星。

山河破碎风飘絮，身世浮沉雨打萍。

惶恐滩头说惶恐，零丁洋里叹零丁。

人生自古谁无死，留取丹心照汗青。

【注释】

①遭逢：遇合，指得到皇帝的知遇。起一经：精通一种经书，由科举走上仕途。

天

晚晴

唐·李商隐

深居俯夹城，春去夏犹清。
天意怜幽草，人间重晚晴。
并添高阁迥，微注小窗明。
越鸟巢干后，归飞体更轻。

一枝花

元·张养浩

用尽我为民为国心，祈下些值玉值金雨①。数年空盼望，一旦遂沾濡②，唤省焦枯③。喜万象春如故，恨流民尚在途④。留不住都弃业抛家，当不的也离乡背土。恨不得把野草翻腾做菽粟，澄河沙都变化做金珠。直使千门万户家豪富，我也不枉了受天禄。眼觑着灾伤教我没是处，只落的雪满头颅。青**天**多谢相扶助，赤子从今罢叹吁。只愿的三日霖霪不停住。便下当街上似五湖，都浄⑤了九衢，犹自洗不尽从前受过的苦。

①祈雨：古代人们祈求天神或龙王降雨的迷信仪式。值玉值金：形容雨水的珍贵。②沾濡：浸润，浸湿。③省：通"醒"。焦枯：指因干旱而焦枯的庄稼。④恨流民尚在途：指雨后旱象初解，但灾民还在外乡流浪逃荒，作者心中引为憾事。⑤淊：通"淹"。

【赏析】

元明宗天历二年（1329年），陕西大旱已逾五载。作者此时已辞官隐退多年，其间朝廷多次征召，皆坚辞不仕。然而当他接到前往陕西赈济灾民的命令，随即登车就道，一路散尽家资，周济乡里。他到任后四个月不曾回家，白天赈济灾民，夜晚祈雨于天，守在官衙，也许是作者的精诚打动了上天，上天终降甘霖。

在作者眼中，每滴雨水都"值玉值金"，其求雨之心切，跃然纸上。然而，"犹自洗不尽从前受过的苦"，在久旱逢甘霖的喜悦之后，想到的是对百姓遭遇的同情以及对百姓未来生活的深深忧虑。

渔翁

唐·柳宗元

渔翁夜傍西岩宿，晓汲清湘燃楚竹。
烟销日出不见人，欸乃一声山水绿。
回看**天**际下中流，岩上无心云相逐。

关山月

唐·李白

明月出**天**山，苍茫云海间。长风几万里，吹
度玉门关。汉下白登道，胡窥青海湾①。由来②
征战地，不见有人还。戍客③望边邑，思归多苦
颜④。高楼当此夜，叹息未应闲。

【注释】

①胡：指吐蕃。窥：窥伺。青海湾：即青海湖。
唐军多与吐蕃交战于此。②由来：从来。③戍客：
戍边的官兵。④苦颜：愁容。

金铜仙人辞汉歌

唐·李贺

茂陵刘郎秋风客^①，夜闻马嘶晓无迹。

画栏桂树悬秋香^②，三十六宫土花^③碧。

魏官牵车指千里，东关酸风射眸子^④。

空将汉月出宫门，忆君清泪如铅水。

衰兰^⑤送客咸阳道，天若有情天亦老。

携盘独出月荒凉，渭城已远波声小。

【注释】

①茂陵：指汉武帝刘彻的陵墓。刘郎：指汉武帝。秋风客：汉武帝曾作《秋风辞》。②秋香：指桂花的香气。③土花：苔藓。④酸风：指令人心酸流泪的风。⑤衰兰：开败的兰花。

蟾宫曲

元·贯云石

问东君何处**天涯**①？落日啼鹃②，流水落花。淡淡遥山，萋萋芳草，隐隐残霞。随柳絮吹归那答？趁游丝惹在谁家？倦理琵琶，人倚秋千，月照窗纱。

【注释】

①"问东君"句：问春之神到何处去了。东君：春之神。②啼鹃：出自"望帝啼鹃"，相传战国时蜀王杜宇号望帝，为蜀治水，死后化为杜鹃鸟，啼声凄切，后常指悲哀凄惨的啼哭声。

村居

清·高鼎

草长莺飞二月**天**，拂堤杨柳醉春烟。
儿童散学归来早，忙趁东风放纸鸢。

白

黄鹤楼

唐·崔颢

昔人^①已乘黄鹤去，此地空余黄鹤楼。

黄鹤一去不复返，**白云千载空悠悠**。

晴川历历汉阳树^②，芳草萋萋鹦鹉洲^③。

日暮乡^④关何处是，烟波江上使人愁。

【注释】

①昔人：指传说中的仙人。②历历：景物清晰分明的样子。汉阳：在今武昌（黄鹤楼所在地）西。③鹦鹉洲：在今武汉市西南长江中，相传因东汉祢衡在此作《鹦鹉赋》而得名。④乡关：家乡。

鹧鸪天

宋·贺铸

重过阊门①万事非。同来何事不同归。梧桐半死清霜后，头**白鸳鸯失伴飞**。

原上草，露初晞②。旧栖新垅③两依依。空床卧听南窗雨，谁复挑灯夜补衣。

【注释】

①阊门：指苏州西门，作者从前住的地方。②露初晞：露水刚刚被太阳蒸干。③垅：坟头。

【赏析】

贺铸的妻子是宗室赵克彰的女儿。赵氏虽然是皇族千金，但出嫁后却不辞劳苦，勤俭持家，对贺铸十分体贴，夫妻二人感情很好。这首词是赵氏去世后贺铸为她写的悼亡词，词中表现了词人对亡妻赵氏的深挚怀念。

"重过阊门万事非。同来何事不同归"，词人旧地重游，想到已故的妻子，不禁悲从中来，诘问妻子为什么同来不同归。这句问话是极其无理的，但却又是万分深情的。

　　"梧桐""鸳鸯"历来用于写情，但是词人却把看似普通的意象形象化，使之与自己悲哀的感情和谐交融在一起。"梧桐半死清霜后，头白鸳鸯失伴飞"二句，以"梧桐半死""鸳鸯失伴"来比喻丧偶的自己。"清霜"二字透露出秋天梧桐枝叶凋零后的荒凉萧瑟，这也正是词人丧妻后的心理写照。贺铸创作该词时已年近五十，到了"头白"之年，所以"清霜"用得十分精恰，形象地刻画出了作者此时孤独悲凉的境况。

　　"原上草，露初晞"，这两句用比，用青草上刚被晒干的朝露暗指夫人的新殁。

　　有了这层铺垫，再引出下一句"旧栖新垅两依依"就顺理成章了。二人曾经共住的"旧栖"还在，如今只有词人自己独居，爱妻已深埋"新垅"之中。故居新坟，形成鲜明的对照，但是"依依"二字又将二者紧密联系在一起，这一句虽透着无限凄凉，却深深表现了词人对妻子的一往情深。

　　"空床卧听南窗雨，谁复挑灯夜补衣"二句，看似朴实平淡，实则真实可感，且将全词的情感推向了高潮。词人独自躺在空床上，难以入眠，听着淅淅沥沥、悲悲切切的雨声，想起爱妻曾在夜里为自己"挑灯补衣"，如此贤惠的妻子，如此无微不至的体贴，如今却成回忆。凄凉、寂寥、痛苦，种种感情向词人一齐涌来，令他叹惋神伤，感慨万千。

鹤冲天

宋·柳永

黄金榜上，偶失龙头望。明代暂遗贤，如何向？未遂风云便，争不恣狂荡？何须论得丧。才子词人，自是白衣卿相。

烟花巷陌，依约丹青屏障。幸有意中人，堪寻访。且恁偎红倚翠，风流事，平生畅。青春都一饷。忍把浮名，换了浅斟低唱。

登高

唐·杜甫

风急天高猿啸哀，渚清沙白鸟飞回①。
无边落木萧萧下，不尽长江滚滚来。
万里悲秋常作客，百年②多病独登台。
艰难苦恨繁霜鬓③，潦倒新停浊酒杯。

【注释】

①渚：水中的小洲。回：回旋。②百年：一生。③繁霜鬓：两鬓白发日增。

凌波仙

元·钟嗣成

丹墀未知玉楼宣①，黄土应埋白骨冤，羊肠
曲折云更变②。料人生亦惘然，叹孤坟落日寒烟。
竹下泉声细，梅边月影圆，因思君歌舞十全。

【注释】

①丹墀：宫殿前的红色台阶。玉楼宣：据
说李贺梦到神仙对他说："上帝白玉楼成，命你作
记。"没过多久就去世了。此指友人英年早逝。
②羊肠：比喻曲折的人生路。云更变：比喻命运
变化无常。

将进酒

唐·李白

君不见黄河之水天上来，奔流到海不复回。君不见高堂明镜悲白发，朝如青丝暮成雪。人生得意须尽欢，莫使金樽空对月。天生我材必有用，千金散尽还复来。烹羊宰牛且为乐，会须①一饮三百杯。岑夫子，丹丘生②，将进酒，杯莫停。与君歌一曲，请君为我倾耳听。钟鼓馔玉③不足贵，但愿长醉不愿醒。古来圣贤皆寂寞，唯有饮者留其名。陈王④昔时宴平乐，斗酒十千恣⑤欢谑。主人何为言少钱，径须⑥沽取对君酌。五花马⑦，千金裘⑧，呼儿将出换美酒，与尔同销万古愁。

【注释】

①会须：正应当。②岑夫子，丹丘生：指岑勋和元丹丘。二人都是李白的朋友。③钟鼓馔玉：泛指豪门的奢华生活。钟鼓：指富贵人家宴会时使用的乐器。馔玉：精美的饭食。④陈王：指曹操之子曹植。曹植曾被封为陈王。⑤恣：尽情。⑥径须：只需。⑦五花马：毛色呈五种花纹的良马。⑧千金裘：价值千金的皮衣。

春日西湖寄谢法曹歌

宋·欧阳修

西湖春色归，春水绿于染。群芳烂不收①，东风落如糁②。参军春思乱如云，白发题诗愁送春。遥知湖上一樽酒，能忆天涯万里人③。万里思春尚有情，忽逢春至客心惊④。雪消门外千山绿，花发江边二月晴。少年把酒逢春色，今日逢春头已白。异乡物态与人殊，惟有东风旧相识。

【注释】

①烂不收：指花开烂漫，美不胜收。②糁（sǎn）：米粒，形容花瓣散落。③天涯万里人：作者自指。④客：指客居他乡的人。惊：惊叹。

日

望庐山瀑布

唐·李白

日照香炉生紫烟①，遥看瀑布挂前川②。
飞流直下三千尺，疑是银河落九天。

【注释】

　　①香炉：指香炉峰。紫烟：指日光透过云雾，
远望如紫色的烟云。②遥看：从远处看。挂：悬挂。
前川：一作"长川"。川，河流，这里指瀑布。

晓出净慈寺送林子方

宋·杨万里

毕竟西湖六月中，风光不与四时同。
接天莲叶无穷碧，映日荷花别样红。

行行重行行

汉·佚名

　　行行重行行①，与君生别离。相去万余里，各在天一涯②。道路阻③且长，会面安可知？胡马④依北风，越鸟巢南枝⑤，相去日已远⑥，衣带日已缓。浮云蔽白日，游子不顾反⑦。思君令人老，岁月忽已晚。弃捐勿复道，努力加餐饭⑧！

【注释】

　　①重：又。首句是说行而不止。②涯：方。③阻：艰险。④胡马：北方所产的马。⑤越鸟：南方所产的鸟。"胡马依北风，越鸟巢南枝"，是当时习用的比喻，借喻眷恋故乡。⑥已：同"以"。远：久。⑦顾反：还返，回家。顾，返也。反，同"返"。⑧"弃捐"两句：这些都丢开不必再说了，只希望你在外保重。

燕歌行

唐·高适

汉家烟尘在东北，汉将辞家破残①贼。男儿本自重横行，天子非常赐颜色。摐金伐鼓下榆关②，旌旗逶迤碣石间③。校尉羽书飞瀚海④，单于猎火照狼山。山川萧条极边土，胡骑凭陵⑤杂风雨。战士军前半死生，美人帐下犹歌舞。大漠穷秋塞草衰，孤城落日斗兵稀。身当恩遇常轻敌，力尽关山未解围。铁衣远戍辛勤久，玉箸⑥应啼别离后。少妇城南欲断肠，征人蓟北空回首。边风飘飘那可度，绝域苍茫更何有？杀气三时作阵云，寒声一夜传刁斗⑦。相看白刃血纷纷，死节从来岂顾勋？君不见沙场争战苦，至今犹忆李将军。

【注释】

①残：凶残。②榆关：即今山海关。③碣石：古山名，在今河北省昌黎县西北。④羽书：紧急的军书。瀚海：大沙漠。⑤凭陵：侵扰。⑥玉箸：形容眼泪像玉制的筷子。⑦刁斗：古代军中白天用来烧饭，晚上用来敲击巡更的铜器。

如梦令

宋·李清照

常记溪亭日暮，沉醉不知归路。兴尽晚回舟，误入藕花深处。争渡，争渡，惊起一滩鸥鹭。

【赏析】

这是一首追述往事的词作，词人回忆以前一次愉快的郊游，全词洋溢着欢快的情绪。

开篇以"常记"总领，引出对整件事的回忆，"溪亭"点明地点，"日暮"点出时间。"沉醉不知归路"，词人玩得多么尽兴呀，景色优美迷人，词人沉醉其中找不着回去的路。

"兴尽晚回舟，误入藕花深处"，既已尽兴，就该回家了。叙述至此本应结束，却又奇峰突起，词人的小舟误入了藕花深处。这"误入"一句，恰与前面的"不知归路"相呼应，显示了主人公的忘情心态。

"争渡，争渡，惊起一滩鸥鹭"，一连两个"争渡"，表达了主人公急于从迷途中找寻出路的焦灼心情。由于焦急，词人奋力划着桨，激起了哗哗的水声，因而惊动了栖息在洲渚上的一群鸥鹭。

己亥杂诗①

清·龚自珍

浩荡离愁白日斜，吟鞭东指即天涯。
落红不是无情物，化作春泥更护花。

【注释】

① 道光十九年（1839 年），作者辞官南归，后又北上接家属，往返途中杂述见闻、感想以及往事回忆等，写成这组诗，共计 315 首。

示儿

宋·陆游

死去元知万事空，但悲不见九州同①。
王师北定中原日，家祭无忘告乃翁。

【注释】

① 但：只。九州同：古代中国分为九州，这里指国家统一。同：统一。

飞花令里读诗词

红

钗头凤

宋·陆游

　　红酥手，黄縢酒，满城春色宫墙柳。东风恶，欢情薄。一怀愁绪，几年离索。错，错，错！

　　春如旧，人空瘦，旧痕红浥鲛绡透。桃花落，闲池阁。山盟虽在，锦书难托。莫，莫，莫！

蝶恋花

宋·欧阳修

　　庭院深深深几许？杨柳堆烟，帘幕无重数。玉勒雕鞍游冶处①，楼高不见章台②路。

　　雨横风狂三月暮，门掩黄昏，无计留春住。泪眼问花花不语，乱**红**飞过秋千去。

【注释】

　　①玉勒雕鞍：镶玉的马笼头和雕花的马鞍。游冶处：即冶游处。指歌楼妓馆。②章台：妓女住所的代称。

春夜喜雨

唐·杜甫

好雨知时节，当春乃发生。

随风潜入夜，润物细无声。

野径云俱黑，江船火独明。

晓看**红**湿处，花重锦官城。

天仙子

宋·张先

水调①数声持酒听，午醉醒来愁未醒。送春春去几时回？临晚镜，伤流景②，往事后期空记省。

沙上并禽池上暝，云破月来花弄影。重重帘幕密遮灯，风不定，人初静，明日落**红**应满径。

【注释】

①水调：曲调名，相传为隋炀帝所作。②流景：流逝的时光。

如梦令

宋·李清照

　　昨夜雨疏风骤，浓睡^①不消残酒。试问卷帘人^②，却道海棠依旧。知否？知否？应是绿肥红瘦。

【注释】

　　①浓睡：指酒后酣睡。②卷帘人：指侍女。

【赏析】

　　这首词是词人早期之作。词人通过对询问花事的描写，曲折委婉地抒发了她伤春惜春的情绪。

　　"一问极有情，答以'依旧'，答得极淡，跌出'知否'二句来，而'绿肥红瘦'无限凄婉却又妙在含蓄，短幅中藏无数曲折，自是圣于词者。"这是清代黄蓼园在《蓼园词选》中对李清照这首词的评价，恰恰道出了其中妙处。李清照精造句，善遣词，巧用字，整首小令三十余言无一难字，平白浅近，却让人回味无穷。

"昨夜雨疏风骤，浓睡不消残酒"，暮春时节，最易引发人伤春的情绪，更何况又逢着那刮风下雨的恼人天气。于极度愁苦中，词人开始借酒浇愁。酒醉后词人沉沉睡去，一觉醒来，酒意还未消散。

"试问卷帘人，却道海棠依旧"，词人惜花，醒来后所关心的第一件事就是园中海棠，她问侍女：院子里海棠怎样？她以为经过风雨一夜的摧残，应该是落花满地了，没想到侍女却回答"海棠依旧"。

"知否？知否？应是绿肥红瘦"，词人不相信海棠还如昨天那般开满枝头。她认为园中的海棠应该是绿叶繁茂、红花稀少才是。这一对答写出了闺中人的惜春情怀，可谓是传神之笔。

这首词的末句为全词警句，常为后人所称道。胡仔在《苕溪渔隐丛话》中称："此语甚新。"《草堂诗余别录》评："结句尤为委曲精工，含蓄无穷意焉。"皆非虚誉。

后人对这首词评价极高，称它有人物、有情节、有对白、有情绪，鲜明的人物形象呼之欲出，情节连贯又时而跳脱，若非有生花妙笔，恐难驾驭。全词并无怪字险字，语淡情深，极尽传神之能事，将词人的惜花爱花之情、惜春伤春之意写得丝丝入扣，写出闺阁之中女子的细腻情怀，于淡淡忧愁之中，有着娴雅之态。

海棠

宋·苏轼

东风袅袅泛崇光，香雾空蒙月转廊。
只恐夜深花睡去，故烧高烛照**红**妆。

浪淘沙

宋·欧阳修

把酒祝东风，且共从容①。垂杨紫陌②洛
城东，总是当时携手处，游遍芳丛。

聚散苦匆匆，此恨无穷。今年花胜去年**红**，
可惜明年花更好，知与谁同？

【注释】

①且共从容：意为暂且一起悠闲一刻，不要
急于离去。②紫陌：指京城郊外的道路。

芳

苏幕遮

宋·范仲淹

碧云天，黄叶地，秋色连波，波上寒烟翠。
山映斜阳天接水。**芳草无情**，更在斜阳外。

黯乡魂^①，追旅思^②。夜夜除非，好梦留人
睡。明月楼高休独倚。酒入愁肠，化作相思泪。

【注释】

①黯乡魂：用江淹《别赋》"黯然销魂"语。
黯：形容心情忧郁。②追：此处意为纠缠。旅思：
旅居在外的愁思。

【赏析】

"范希文《苏幕遮》一阕，前段多入丽语，
后段纯写柔情，遂成绝唱。"此评语出自清代邹
祗谟的《远志斋词衷》。词人用深婉秀丽的文辞，
描写秋日幽美阔丽的景致，高远意境中饱含愁
思，恰如欧阳修《六一诗话》中所言："状难写之

景如在目前，含不尽之意见于言外。"

上片写景，意境阔大。"碧云天，黄叶地"，词人从一高一低两个角度，描绘出一片苍茫辽阔的秋景。"秋色连波，波上寒烟翠"，这两句词人落笔于浩渺的秋水，意境悠远。秋色承上两句而来，碧天广野间的秋色一直向远方绵延，直至天边的秋水，秋水上寒波凝翠，这是多么广阔优美的一幅图景。"山映斜阳天接水。芳草无情，更在斜阳外"，这三句天、地、山、水通过斜阳、芳草连接在一起，由眼中实景转为意中虚景，离情别绪则隐寓其中。自淮南小山《招隐士》"王孙游兮不归，春草生兮萋萋"之后，"芳草"的意象就与游子思归之情密不可分了。

下片承上片而来，由"芳草无情"导入离愁和相思。"黯乡魂，追旅思"点明题旨，直抒羁旅思乡之情。"黯"字写出词人心情的沉郁，"追"字显出愁情缠绵之状。"夜夜除非，好梦留人睡"，唯有每夜做梦还乡时才能排解自己的思乡愁绪。每当古人怀念远人、思忆故乡时，总爱登楼远眺借以排遣愁怀，但词人却说"明月楼高休独倚"，这是为什么呢？因为明月寄相思，反而会使他倍感孤独与怅惘；因为登楼望远却望不见故乡，只会更添乡愁。不登楼，便喝酒吧，也许只有凭借酒力才能消解愁闷了，但结果呢？"酒入愁肠，化作相思泪。"真是借酒消愁愁更愁。

相较而言，范仲淹的《渔家傲》一词流传更广，其寄托政治情怀的文章也多名作，故而范公给后世留下了慷慨博大的英雄情怀。本词中的情思细腻委婉、缠绵悱恻，与其别篇名作风格大相径庭，无怪乎会有清代人许昂霄惊叹此乃"铁石心肠人"所作的"销魂语"。

骤雨打新荷

元·元好问

绿叶阴浓，遍池塘水阁，偏趁凉多。海榴初绽，朵朵蹙红罗。乳燕雏莺弄语，有高柳鸣蝉相和。骤雨过，琼珠乱撒，打遍新荷。人生有几，念良辰美景，休放虚过。穷通前定，何用苦张罗。命友邀宾玩赏，对**芳**樽浅酌低歌。且酩酊，任他两轮日月，来往如梭。

千秋岁

宋·张先

数声鶗鴂，又报**芳**菲歇。惜春更把残红折。雨轻风色暴，梅子青时节。永丰柳，无人尽日花飞雪。

莫把幺弦拨，怨极弦能说。天不老，情难绝。心似双丝网，中有千千结。夜过也，东方未白孤灯灭。

飞花令里读诗词

卜算子

宋·陆游

　　驿外断桥边，寂寞开无主①。已是黄昏独自愁，更著风和雨。

　　无意苦争春，一任②群芳妒。零落成泥碾作尘，只有香如故。

【注释】

　　①无主：自生自灭，无人问津。②一任：任凭，完全听凭。

大林寺桃花

唐·白居易

人间四月芳菲尽，山寺桃花始盛开。
长恨春归无觅处，不知转入此中来。

叹花

唐·杜牧

自是寻春去校迟，不须惆怅怨**芳**时。
狂风落尽深红色，绿叶成阴子满枝。

观公孙大娘弟子舞剑器行

唐·杜甫

昔有佳人公孙氏，一舞剑器动四方。观者如山色沮丧，天地为之久低昂。霍如羿射九日落，矫如群帝骖龙翔。来如雷霆收震怒，罢如江海凝清光。绛唇珠袖两寂寞，晚有弟子传芬**芳**。临颍美人在白帝，妙舞此曲神扬扬。与余问答既有以，感时抚事增惋伤。先帝侍女八千人，公孙剑器初第一。五十年间似反掌，风尘澒洞昏王室。梨园子弟散如烟，女乐余姿映寒日。金粟堆前木已拱，瞿塘石城草萧瑟。玳弦急管曲复终，乐极哀来月东出。老夫不知其所往，足茧荒山转愁疾。

绿

少司命

战国·屈原

秋兰兮麋芜^①，罗生^②兮堂下。**绿叶兮素华**^③，芳菲菲兮袭予^④。夫人兮自有美子^⑤，荪^⑥何以兮愁苦？秋兰兮青青^⑦，绿叶兮紫茎。满堂兮美人，忽独与余兮目成。入不言兮出不辞，乘回风兮载云旗。悲莫悲兮生别离，乐莫乐兮新相知。荷衣兮蕙带，儵而来兮忽而逝。夕宿兮帝郊，君谁须兮云之际？与女沐兮咸池，晞女发兮阳之阿。望美人兮未来，临风恍兮浩歌。孔盖兮翠旍，登九天兮抚彗星。竦长剑兮拥幼艾，荪独宜兮为民正。

【注释】

①麋芜：芎䓖幼苗的别名。芎䓖通体芬芳，秋天开花，花色洁白。②罗生：是说"秋兰"与"麋芜"并列而生。③素：白色。华：花。④袭：指香气扑鼻。予：群巫自称。⑤夫：发语词。人：人们。美子：美好的儿女。古代男女均可称"子"。⑥荪：香草名，这里用作对少司命的尊称。⑦青青：借作"菁菁"，草木茂盛的样子。

定风波

宋·柳永

自春来、**惨绿**愁红，芳心是事可可①。日上花梢，莺穿柳带，犹压香衾卧。暖酥消②，腻云亸③，终日厌厌倦梳裹。无那④！恨薄情一去，音书无个。

早知恁么，悔当初、不把雕鞍锁。向鸡窗⑤，只与蛮笺象管⑥，拘束教吟课。镇⑦相随，莫抛躲，针线闲拈伴伊坐。和我，免使年少光阴虚过。

【注释】

①是事可可：对所有事情都毫不在意，缺乏兴趣。②暖酥消：脸上的油脂消散。③亸：下垂的样子，此处形容头发散乱。④无那：无奈。⑤鸡窗：指书窗或书房。⑥蛮笺：即蜀笺，唐代时指四川地区所造的彩色花纸。这里用来指代纸张。象管：象牙材质的笔管。⑦镇：镇日，整天。

【赏析】

柳永以一个平民女子自诉的方式来写闺怨，表达了对爱情的大胆追求与赞美，而且表现了与文人士大夫正统价值观相异的平民审美趣味，感情真挚，表现大胆，具有很强的艺术感染力。

"自春来"，自春回之后到现今，表示时间跨度比较长，与"惨绿愁红"相接，暗含幽怨之气，表明女主人公内心的幽怨积蓄已久。"芳心是事可可"，点出"惨绿愁红"的原因。本是锦绣灿烂的春天，在主人公的眼里却笼罩着惨愁之情，正因为主观的"是事可可"，才有了客观事物的"惨"与"愁"。"日上花梢，莺穿柳带，犹压香衾卧。"春日迟迟，花梢日暖，莺鸟欢飞，穿梭于花红柳绿之间，如此佳景，而主人公却"犹压香衾卧"，无心下床梳妆，出门观赏。

"暖酥消，腻云亸，终日厌厌倦梳裹。"进一步刻画女子慵懒倦怠的神态，肌肤消瘦，发髻歪斜，整日意兴阑珊，无心整理妆容。接下来写她心思倦怠的原因："无那！恨薄情一去，音书无个。"只因薄情郎一去之后，音信全无。

上阕先以"芳心是事可可"总起，然后分别描述，日高"犹压香衾卧"以及"终日厌厌倦梳裹"，都是对"芳心是事可可"的进一步充实，而末句点出原因，并起到了引出下阕的作用。

下阕"早知恁么，悔当初、不把雕鞍锁"句，与上阕相继，转合自然。"恁么"二字将上阕描写的情形全部带入下阕，意思是早知"薄情一去，音书无个"，真后悔当初没有把马鞍锁住。"把雕鞍锁"即指留住情郎，不让其远行的意思。男子远行多为功名利禄，而这个女子却要锁住马鞍，不让对方离开，体现了女子重视真情不屑于名利的品质。

女子不想让情郎远行，而是希望把他留在身边，"向鸡窗，只与蛮笺象管，拘束教吟课"，即把他拘束在书房里，铺展诗笺，手握笔管，读书吟课。女子自己则"镇相随，莫抛躲"，与其相依相随，"针线闲拈"，伴其身旁。"和我，免使年少光阴虚过"意为：跟我一起，珍惜这年少光阴，温存相伴，不使青春虚度。在女主人公看来，因追逐功名而负情薄幸，才是辜负光阴、虚度大好年华的行为，两情相守的时光最值得珍惜。在封建正统文人看来，这种思想有些离经叛道，是不思进取的，但柳永不仅将其入词，还大加褒扬，表达出对世俗真情的赞同与珍惜，极富个性。

上阕以景物衬托情感，通过外在描写刻画人物，而下阕则采用让主人公自己言说的方式，将感情表达得更加直白热烈，使主人公的形象也更生动可感。通过这篇作品，能看到柳永对下层人物的同情和尊重，也正是因为这份尊重，其作品中的市井女子显得更加生动真切、有血有肉。

月夜与客饮酒杏花下

宋·苏轼

杏花飞帘散余春①，明月入户寻幽人②。

褰衣③步月踏花影，炯如流水涵青蘋④。

花间置酒清香发，争挽长条落香雪⑤。

山城⑥酒薄不堪饮，劝君且吸杯中月。

洞箫声断月明中，惟忧月落酒杯空。

明朝卷地春风恶，但见**绿**叶栖残红。

【注释】

①"杏花"句：意思指春光将尽。②幽人：隐居之人。这里为思幽闲之人。③褰衣：提起衣襟。④炯：明亮。蘋：一种水草，生于池塘等浅水中。⑤长条：指杏枝。香雪：指杏花。⑥山城：指徐州。这首诗作于徐州任上。

同儿辈赋未开海棠

金·元好问

枝间新**绿**一重重，小蕾深藏数点红。
爱惜芳心莫轻吐，且教桃李闹春风。

忆江南

唐·白居易

江南好，风景旧曾谙①。日出江花红胜火，
春来江水**绿**如蓝②，能不忆江南？

【注释】

① 谙：熟悉。② 蓝：蓝草，其叶可制青绿
染料。

一半儿

元·张可久

酒边红树碎珊瑚，楼下名姬坠<u>绿</u>珠①，枝上翠阴啼鹧鸪。谩②嗟吁，一半儿因风一半儿雨。

【注释】

① 绿珠：西晋石崇的歌姬，后为报主知遇之恩而坠楼自杀。② 谩：徒然。

沈园

宋·陆游

城上斜阳画角哀，沈园非复旧池台。
<u>伤心桥下春波绿</u>，曾是惊鸿照影来。

柳

兰陵王

宋·周邦彦

　　柳阴直，烟里丝丝弄碧。隋堤①上、曾见几番，拂水飘绵送行色。登临望故国②，谁识京华倦客？长亭路，年去年来，应折柔条③过千尺。

　　闲寻旧踪迹，又酒趁哀弦，灯照离席。梨花榆火④催寒食。愁一箭风快，半篙波暖，回头迢递⑤便数驿。望人在天北。

　　凄恻，恨堆积！渐别浦⑥萦回，津堠岑寂⑦。斜阳冉冉春无极。念月榭携手⑧，露桥⑨闻笛。沉思前事，似梦里，泪暗滴。

【注释】

　　①隋堤：汴京附近的汴河之堤，隋炀帝时所建，故称。是北宋时来往京城的必经之路。②故国：这里指故乡。③柔条：柳枝。④榆火：唐代制度，清明时皇帝取榆柳之火赐给近臣。⑤迢递：遥远。⑥别浦：这里指送别的水边。⑦津堠：

渡口守望的高台。岑寂：清冷寂寥。⑧月榭：月光照着的亭榭。⑨露桥：凝结着露水的小桥。

【赏析】

　　这首词作于词人最后一次离开京都的时候，题为咏柳，实际上是借柳以抒发自己的离愁别恨。

　　"柳阴直，烟里丝丝弄碧"，这两句从整体到局部描写隋堤上的柳色。离京时先是看到隋堤两岸，杨柳成荫。再细看，碧色可人的柳丝随风飘扬。

　　"隋堤上、曾见几番，拂水飘绵送行色"，那隋堤之上的柳色，词人曾为送人见过了很多次。"拂水飘绵"四个字生动地刻画出柳树依依惜别的情态。

　　"登临望故国，谁识京华倦客？"这两句为全篇主题句，抒发了词人的孤独与落寞。

　　"长亭路，年去年来，应折柔条过千尺"，词人接着感叹人间离别频繁，送别时折断的柳条都超过了千尺。

　　"闲寻旧踪迹，又酒趁哀弦，灯照离席。梨花榆火催寒食"，这几句为追忆往事。船已启程，词人独立于船头回忆起当年在一个寒食节的离别情景：管弦哀鸣，送别的宴席上灯火闪烁。

"愁一箭风快，半篙波暖，回头迢递便数驿，望人在天北"，船行如箭，令词人忧愁，他不断回望，因那京华有他牵挂的人。这几句写尽了词人心中的怅惘与凄婉。

"凄恻，恨堆积！"船行越远，离恨越重，一层一层堆积在心上难以排遣。

"渐别浦萦回，津堠岑寂。斜阳冉冉春无极"，此时已至傍晚，望中之人早已不见，抬眼所见，只看到夕阳冉冉西下，春色一望无边。

"念月榭携手，露桥闻笛。沉思前事，似梦里，泪暗滴"，愁苦至极的词人不禁又回忆起往事来，他回想起曾与恋人一起度过的美好时光。但那些甜蜜的夜晚现在想来，如梦一场，只能徒然地引起他的悲伤而已。

这首《兰陵王》很能代表词人慢词的风格，历来为后代评论家所赞赏。陈廷焯的《白雨斋词话》盛赞此篇，说："美成词极其感慨，而无处不郁，令人不能遽窥其旨。如《兰陵王·柳》云：'登临望故国，谁识京华倦客'二语，是一篇之主。上有'隋堤上、曾见几番，拂水飘绵送行色'之句，暗伏'倦客'之根，是其法密处。故下接云：'长亭路，年去年来，应折柔条过千尺。'久客淹留之感，和盘托出。他手至此，以下便直抒愤懑矣，美成则不然。'闲寻旧踪迹'二叠，无一语不吞吐。只就眼前景物，约略点缀，更不写淹留之故，却无处非淹留之苦。直至收笔云：'沉思前事，似梦里，泪暗滴。'遥遥挽合。妙在才欲说破，便自咽住，其味正自无穷。"

归园田居

晋·陶渊明

少无适俗韵，性本爱丘山。误落尘网中^①，一去三十年。羁鸟恋旧林，池鱼思故渊。开荒南野际，守拙归园田^②。方宅十余亩，草屋八九间。榆柳荫后檐，桃李罗堂前。暧暧远人村^③，依依墟里烟^④。狗吠深巷中，鸡鸣桑树颠。户庭无尘杂，虚室有余闲^⑤。久在樊笼里，复得返自然。

【注释】

①尘网：指尘世，官场生活污浊而又拘束，犹如罗网。这里指仕途。②守拙：在潘岳的《闲居赋序》中，有"巧官""拙官"二词，巧官即善于钻营，拙官即一些守正不阿的人。守拙的含义即守正不阿。③暧暧：暗淡的样子。④依依：轻柔的样子。墟里：村落。⑤虚室：闲静的屋子。余闲：闲暇。

金陵酒肆留别^①

唐·李白

风吹**柳**花满店香，吴姬压酒劝客尝^②。
金陵子弟来相送^③，欲行不行各尽觞^④。
请君试问东流水，别意与之谁短长。

【注释】

①金陵：今江苏南京市。②吴姬：指吴地酒店的侍女。压酒：压糟取酒。③子弟：年轻人。④欲行不行：将走的人和不走的人。觞：酒杯。

鹧鸪天

宋·晏几道

彩袖殷勤捧玉钟，当年拚却醉颜红。舞低杨柳楼心月，歌尽桃花扇底风。

从别后，忆相逢，几回魂梦与君同。今宵剩把银釭照，犹恐相逢是梦中。

渭城曲

唐·王维

渭城朝雨浥轻尘①，客舍青青柳色新。劝君更尽一杯酒，西出阳关无故人②。

【注释】

①浥：润湿。②阳关：在今甘肃敦煌西南，与玉门关一南一北，均为通西域的要隘。

鹊踏枝

南唐·冯延巳

几日行云何处去？忘了归来，不道春将暮。
百草千花寒食路①，香车系在谁家树？
　　泪眼倚楼频独语，双燕来时，陌上相逢否②？
撩乱春愁如柳絮，悠悠梦里无寻处。

【注释】

　　① 百草千花寒食路：指浪子在寒食前后于秦
楼楚馆的冶游。② 陌：泛指道路。

凉州词

唐·王之涣

黄河远上白云间，一片孤城万仞山。
羌笛何须怨杨柳①，春风不度玉门关。

【注释】

　　① 杨柳：指乐府横吹曲《折杨柳》。

飞花令里读诗词

山

题临安邸

宋·林升

山外青山楼外楼，西湖歌舞几时休？
暖风熏得游人醉，直把杭州作汴州①。

【注释】

　　① 汴州：北宋都城，即今河南开封市。

书湖阴先生壁

宋·王安石

茅檐长扫净无苔，花木成畦手自栽①。
一水护田将绿绕，**两山**排闼送青来②。

【注释】

　　① 成畦：一畦一畦的。畦：田地间为方便耕
作管理而划分的长行。② 排闼：推开门。

飞花令里读诗词

六州歌头

宋·贺铸

少年侠气，交结五都雄①。肝胆洞②，毛发耸。立谈中，死生同，一诺千金重。推翘勇③，矜豪纵，轻盖拥，联飞鞚④，斗城东。轰饮酒垆，春色浮寒瓮，吸海垂虹。间呼鹰嗾犬⑤，白羽摘雕弓，狡穴俄空。乐匆匆！

似黄粱梦，辞丹凤⑥，明月共，漾孤篷。官冗从⑦，怀倥偬⑧，落尘笼，簿书丛⑨。鹖弁如云众⑩，供粗用，忽奇功。笳鼓动，渔阳弄，思悲翁。不请长缨，系取天骄种，剑吼西风。恨登山临水，手寄七弦桐，目送归鸿。

【注释】

①五都：泛指宋朝的各大都市。②肝胆洞：真诚以待，肝胆相照。③翘勇：骁勇。④飞鞚：马飞驰。鞚：马笼头，借指马。⑤嗾：发出声音来命令狗。⑥丹凤：指代京城。⑦冗从：散职侍从官。⑧倥偬：指奔波劳苦。⑨簿书丛：指堆积的官府文书。⑩鹖弁（hé biàn）：以鹖羽为装饰的武士冠。

古从军行

唐·李颀

白日登**山**望烽火，黄昏饮马傍交河①。

行人刁斗风沙暗②，公主琵琶幽怨多③。

野云万里无城郭，雨雪纷纷连大漠。

胡雁哀鸣夜夜飞，胡儿眼泪双双落。

闻道玉门犹被遮，应将性命逐轻车④。

年年战骨埋荒外，空见蒲桃入汉家⑤。

【注释】

①饮马：给马喂水。交河：在今新疆吐鲁番西北。②刁斗：古代军中白天用来烧饭，晚上用来敲击巡更的铜器。③"公主"句：指汉武帝时将江都王之女远嫁乌孙一事。④"闻道"两句：意为已然出了玉门关就没有归去的路，只能随将领一同出生入死。⑤蒲桃：葡萄。

菩萨蛮

宋·辛弃疾

郁孤台下清江水[1]，中间多少行人泪? 西北望长安[2]，可怜无数山。

青山遮不住，毕竟东流去。江晚正愁余，山深闻鹧鸪[3]。

【注释】

①郁孤台：在今江西赣州市西南，唐宋时为游览胜地。②长安：指代北宋京师汴梁。③鹧鸪：其鸣声似"行不得也哥哥"。

渔家傲

宋·李清照

天接云涛连晓雾，星河欲转千帆舞。仿佛梦魂归帝所，闻天语，殷勤问我归何处。

我报路长嗟日暮，学诗谩有惊人句。九万里风鹏正举，风休住，蓬舟吹取三山去。

踏莎行

宋·秦观

雾失楼台，月迷津渡①，桃源望断无寻处。可堪孤馆闭春寒，杜鹃声里斜阳暮。

驿寄梅花，鱼传尺素②，砌成此恨无重数。郴江幸自绕郴山③，为谁流下潇湘去？

【注释】

①津渡：渡口。②尺素：指书信。③郴江、郴山：在今湖南郴州。幸自：本自。

【赏析】

绍圣四年（1097年），秦观被贬郴州，作此词表达他的迷茫与愁绪。这首名作的意境十分凄婉，所取意象、典故都切其愁绪。

"雾失楼台，月迷津渡"，首两句写景在虚实

飞花令里读诗词

之间。词人可能看见烟雾笼罩楼台、月光模糊了渡口的景象；也可能只是用这样的意象来渲染一种隐秘、昏暗的气氛。这些景象引起了他"桃源望断无寻处"的感慨。"桃源"，用陶渊明《桃花源记》中的典故，指的是与世隔绝的理想境界。提及"桃花源"，是为了表现词人对理想精神家园的向往。

可见，在头三句中，词人表现的是自己对现实的不理解和抵触。而"可堪孤馆闭春寒，杜鹃声里斜阳暮"中的情感则更进一步，表现出比较具体的思乡、怀旧之情。"孤馆"可能是实指词人在郴州居住的旅馆，"孤馆闭春寒"则是对贬谪生活孤苦、凄凉的表达。

"杜鹃声"一般是指杜鹃的悲啼。李时珍《本草纲目》说"杜鹃出蜀中……春暮即鸣，夜啼达旦……其声哀切"，又说"其鸣若云'不如归去'"，道出了这种意象的内涵。"暮"字放于"斜阳"之后，是对日暮情景的强调。黄昏时分本就使人起凄凉之情，又云"不如归去"，作者的孤独与思乡之甚，可见一斑。之后，下阕开篇用了两个典故，对这种情感做了进一步表达。

"驿寄梅花"，典出《荆州记》："宋陆凯与范晔相善，自江南寄梅花予晔，并赠诗曰：'折梅逢驿使，寄与陇头人。江南无所有，聊赠一枝春。'"后世常用这个典故写朋友思念之情。"鱼传尺素"，古人把尺素结成双鲤鱼的样子，来传递两人间的思念之情。"砌成此恨无重数"中的"此恨"，是说别人赠梅、传情的举动，更添作者的离愁别恨。

"郴江幸自绕郴山，为谁流下潇湘去"是作者对无情自然景物的诘问。郴江源自郴州的黄岑山，流入湘江一条叫耒水的支流；郴山具体指的是哪座山很难坐实，大概是指当时郴江环绕流经的某一座山；潇湘指湘江，湖南有潇水和湘水，在零陵合流为湘江。这两句词的意思是，郴江本来环绕着郴山，两相依依，为什么要远流到湘江中去呢？作者通过这一诘问，既把自己的思归之情融入自然，又将自然的永恒与平静汇入自己的情感中来。

词由蒙蒙迷雾中起意，于斜阳哀啼中见情，在梅花尺素中生恨，终结于郴江下流之无奈、感叹。词的结尾没有王维《终南别业》"行到水穷处，坐看云起时"那样的高远，有的只是愈发深沉的痛苦和责问。"为谁流下潇湘去"，既是对眼前郴江和坎坷仕途的责问，也是面对自然的博大永恒时，难以抑制地追询和求解。词人情绪虽沉重，却没有因情伤意，所以，这首《踏莎行》仍保持了境界的浑融和完整。

飞花令里读诗词

水

饮湖上初晴后雨

宋·苏轼

水光潋滟晴方好①，山色空蒙雨亦奇②。
欲把西湖比西子③，淡妆浓抹总相宜④。

【注释】

①潋滟：湖面上波光荡漾的样子。②空蒙：
雾气迷蒙的样子。③西子：即西施，春秋时越国
美女。④淡妆：应第一句。浓抹：应第二句。总：
都。清人查慎行说："多少西湖诗被二语扫尽，何
处着一毫脂粉颜色！"

伐檀

《诗经》

坎坎伐檀兮①，置之河之干兮②，河水清且涟猗③。不稼不穑④，胡取禾三百廛兮⑤？不狩不猎⑥，胡瞻尔庭有县貆兮？彼君子兮，不素餐兮！

坎坎伐辐兮，置之河之侧兮，河**水**清且直猗。不稼不穑，胡取禾三百亿兮？不狩不猎，胡瞻尔庭有县特兮？彼君子兮，不素食兮！

坎坎伐轮兮，置之河之漘兮。河水清且沦猗。不稼不穑，胡取禾三百囷兮？不狩不猎，胡瞻尔庭有县鹑兮？彼君子兮，不素飧兮！

【注释】

①坎坎：伐木声。檀：檀树，此树木质坚韧，可以造车。②置：放。前一个"之"为代词，它，指檀木。后一个"之"是结构助词。干：岸。③且：而且。涟：风吹水面所起的波纹。猗：同"兮"，表示感叹语气。④稼：耕种。穑：收获。稼穑：指农业劳动。⑤胡：为什么。禾：百谷的通称。三百：形容很多，不是确数。廛：古代指一户平民所住的房屋和宅院，泛指城邑民居。⑥狩：冬天打猎。猎：夜间打猎。统称狩猎为打猎。

蒹葭

《诗经》

蒹葭苍苍①，白露为霜。所谓伊人②，在水一方③。溯洄从之④，道阻且长⑤。溯游从之⑥，宛在水中央⑦。

蒹葭萋萋⑧，白露未晞⑨。所谓伊人，在水之湄⑩。溯洄从之，道阻且跻⑪。溯游从之，宛在水中坻⑫。

蒹葭采采，白露未已。所谓伊人，在水之涘。溯洄从之，道阻且右。溯游从之，宛在**水**中沚。

【注释】

①蒹：又称荻，细长的水草。葭：初生的芦苇。苍苍：芦苇入秋后，颜色深青，茂盛鲜明的样子。②谓：说。伊：指示代词，那，那个。③方：通"旁"，边，侧。④溯：逆着水流的方向行走。洄：弯曲盘旋的水道。从：追随，追寻，寻求。⑤阻：险阻，阻碍。⑥溯游：顺流而下。⑦宛：宛然，仿佛，好像。⑧萋萋：草长得茂盛的样子。⑨晞：干，晒干。⑩湄：水草交接的地方，水边，也即是岸边。⑪跻：地势高起。⑫坻：水中小沙洲。

【赏析】

《蒹葭》这首诗是写一名男子痴情苦恋的心理感受。

"蒹葭苍苍，白露为霜。"河畔的芦苇青郁葱葱，深秋的白露霜凝渐浓。作者以苇草苍苍、白露成霜的清凉景象起笔。

"所谓伊人，在水一方。"那位让"我"日夜想念的人，就在河对岸的那一方。主人公是一名青年男子，有位让他一直魂不守舍、魂牵梦绕的姑娘，在此秋景寂寂、秋水漫漫的境地里更让他痛苦地思念着她。他仿佛在微风吹拂的秋苇中望见对岸雾气笼罩中的她，心也随之飞到她的近前，缠绕在她身上不去。

"溯洄从之，道阻且长。""我"想逆流而上去追寻她，可是道路艰难阻隔又怎赶得上。表面是说青年追寻苦恋的姑娘的路上有艰难障碍追赶不上，但在青年心里，哪里是路难追不上，其实是她如水中仙女一样高贵难攀，但他又放不下这颗朝思暮想的心。

"溯游从之，宛在水中央。""我"想顺流而下去寻找她，她宛然就站立在水中与"我"相望。青年男子心中设想着从水中游向她的身边，这样也许能够得到她，可他尝试过，就是游不到她的近前。其实，他此时出现了幻想、幻觉，姑娘变成一个浮动的人影，扑朔迷离亦真亦幻，仿佛立在水中央向他招手，也仿佛对他轻蔑一望随之隐去身影。因而他在水边眺望对岸和水中，神魂不安，视觉模糊，出现向她游过去的幻象。他这是爱得太深以致失魂了。青年男子迷恋某人又求之不得时常会有这种失魂落魄的感觉，《蒹葭》即把这种心理描写得入木三分。

下面两章较第一章只换少许字词，叠唱的效应加深了诗的意旨，翻译过来就是：

河畔的芦苇青郁葱葱，清晨的露水未干天色朦胧。那位让我日夜想念的人，我想逆流而上去追寻她，可是路有艰难阻隔又怎赶得上而去跟从。我想顺流而下去寻找她，她宛然就站立在水中与我心意相通。

河畔的芦苇更是繁盛，清晨的露水仍在晨色中弥蒙。我那苦苦思念的人，就伫立在茫茫的对岸或水中。我想逆流而上去追寻她，可是路有艰难阻隔力不从。我想顺流而下去寻找她，她宛然就站立在水中与我心相通。

这首诗用水、芦苇、霜、露等自然事物烘托出一种清凉、朦胧的意境。秋晨淡雾，烟笼寒水，露凝霜结，烟水缥缈中一位少女隐现迷离，仿佛真的存在，又仿佛只是虚影。女人柔如水，诗中的水象征了女性的柔与美，但寒水又象征这女性的孤高难求将主人公苦苦折磨。女子一会儿在水边，一会儿在洲上，一会儿在水中，如魅影，如游仙，飘忽不定，牵人肠肚。再配以蒹葭、白露、秋浦，越发显得难以捉摸，变得神秘、眩惑、难舍，甚至令人痴狂。

天净沙

元·马致远

枯藤老树昏鸦，小桥流水人家。古道西风瘦马①。夕阳西下，断肠人在天涯②。

【注释】

①古道：古老的驿路。②断肠人：指漂泊天涯、百无聊赖的旅客。

山园小梅

宋·林逋

众芳摇落独暄妍，占尽风情向小园。
疏影横斜水清浅，暗香浮动月黄昏。
霜禽欲下先偷眼，粉蝶如知合断魂。
幸有微吟可相狎，不须檀板共金樽。

泊船瓜洲

宋·王安石

京口瓜洲一**水**间^①，钟山只隔数重山^②。
春风又绿江南岸，明月何时照我还？

【注释】

①京口：今江苏镇江，与瓜洲渡南北相对。
瓜洲：瓜洲渡，长江渡口，在扬州南。一水：指
长江。②钟山：今南京紫金山。

回乡偶书

唐·贺知章

离别家乡岁月多，近来人事半消磨。
唯有门前镜湖**水**，春风不改旧时波。

草

早春呈水部张十八员外

唐·韩愈

天街小雨润如酥，**草色遥看近却无**。
最是一年春好处，绝胜烟柳满皇都。

春思

唐·李白

燕**草如碧丝**①，秦桑低绿枝②。
当君怀归日③，是妾断肠时④。
春风不相识，何事入罗帏？

【注释】

①燕：指今冀北辽西一带，唐时是边防重地。②秦：今陕西。燕地寒冷，秦地较暖，故燕地的草木要迟生于秦地草木。③怀归日：思生归家之情的时候。④断肠：肝肠寸断。形容思念之久之苦。

人月圆

元·倪瓒

伤心莫问前朝事，重上越王台①。鹧鸪啼处，东风**草**绿，残照花开。怅然孤啸，青山故国，乔木苍苔②。当时明月，依依素影，何处飞来？

【注释】

①越王台：在浙江绍兴城府山南麓。据《越绝书》载，台在勾践小城内。后渐不存。南宋嘉定年间以近民亭遗址重建，至今尚在。②"青山"二句：用南朝宋颜延之《还至梁城作》"故国多乔木"句意。

【赏析】

这是一首怀古之作。游览胜地，登临故迹，一种物是人非、岁月流逝的感慨就会油然而生，激起人们对盛衰无常、昨是今非的无限慨叹。倪瓒的这首小令，悼古之思绵渺幽远，叹今之慨更加浓重。

起首一句"伤心莫问前朝事"，把作者的绝望和无奈之情表现得淋漓尽致。春秋末年，越王勾践曾在"越王台"操练兵马，终于打败吴国，报仇雪耻。"怅然孤啸"三句，慨叹江山虽在，却有人去台空的悲怆之思。其中，"啸"反映出感情的激越，而一个"孤"字，又有心事无人知会的意味。"青山故国，乔木苍苔"是登台之所见，它与之前的"东风草绿，残照花开"相比，更多了几许悲凉的色彩。青山、乔木历尽沧桑，只有那悬在空中的明月依然如故。于是，曲文的末三句从容引出："当时明月，依依素影，何处飞来？"这几句巧借唐诗的意境，让人联想起李白的诗《苏台怀古》"只今惟有西江月，曾照吴王宫里人"。"何处飞来"乍看之下有些突兀，但结合前文便能理解作者写此句的用意："当时"的江山早已更换了主人，那么明月怎么又会重临呢？

倪瓒生活在元朝晚期，尽管他没有亲历过元兵南下灭宋的历史，但他终身不仕元朝，这与南宋遗民的感情是相通的，所以这篇曲文才表现出对历史兴衰的无限感慨。

飞花令里读诗词

滁州西涧

唐·韦应物

独怜幽**草**涧边生，上有黄鹂深树鸣。
春潮带雨晚来急，野渡无人舟自横。

赋得古原草送别

唐·白居易

离离原上**草**①，一岁一枯荣。
野火烧不尽，春风吹又生。
远芳侵古道，晴翠接荒城②。
又送王孙去③，萋萋满别情④。

【注释】

①离离：形容草长得茂盛。②晴翠：指阳光
下草色翠绿鲜亮。③王孙：游子。《楚辞·招隐
士》有："王孙游兮不归，春草生兮萋萋。"④萋
萋：茂盛的样子。

破阵子

宋·晏殊

　　燕子来时新社，梨花落后清明。池上碧苔三四点，叶底黄鹂一两声。日长飞絮轻。

　　巧笑东邻女伴，采桑径里逢迎。疑怪昨宵春梦好，<u>元是今朝斗**草**赢</u>，笑从双脸生。

劲草行

元·王冕

　　<u>中原地古多劲**草**</u>，节如箭竹花如稻。白露洒叶珠离离，十月霜风吹不倒。萋萋不到王孙门，青青不盖谗佞坟。游根直下土百尺，枯荣暗抱忠臣魂。我问忠臣为何死，元是汉家不降士。白骨沉埋战血深，翠光潋滟腥风起。山南雨晴蝴蝶飞，山北雨冷麒麟悲。寸心摇摇为谁道，道旁可许愁人知？昨夜东风鸣羯鼓，髑髅起作摇头舞。寸田尺宅且勿论，金马铜驼泪如雨！

木

早寒有怀

唐·孟浩然

木落雁南度，北风江上寒。
我家襄水曲，遥隔楚云端。
乡泪客中尽，归帆天际看。
迷津欲有问，平海夕漫漫。

感遇

唐·张九龄

江南有丹橘，经冬犹绿林。
岂伊地气暖，自有岁寒心。
可以荐嘉客，奈何阻重深。
运命唯所遇，循环不可寻。
徒言树桃李，此**木**岂无阴？

越人歌

古诗

今夕何夕兮，搴舟中流？今日何日兮，得与王子同舟？蒙羞被好兮，不訾诟耻。心几烦而不绝兮，得知王子。山有**木**兮木有枝，心说君兮君不知！

汉广

《诗经》

南有乔**木**，不可休思。汉有游女，不可求思。汉之广矣，不可泳思。江之永矣，不可方思。翘翘错薪，言刈其楚。之子于归，言秣其马。汉之广矣，不可泳思。江之永矣，不可方思。翘翘错薪，言刈其蒌。之子于归，言秣其驹。汉之广矣，不可泳思。江之永矣，不可方思。

木

八声日州

宋·叶梦得

故都迷岸草，望长淮、依然绕孤城。想乌衣
年少①，芝兰秀发，戈戟云横。坐看骄兵南渡②，
沸浪骇奔鲸③。转眄东流水④，一顾功成。

千载八公山下，尚断崖草木，遥拥峥嵘。漫
云涛吞吐，无处问豪英。信劳生、空成今古，笑
我来、何事怆遗情。东山老⑤，可堪岁晚，独听
桓筝⑥。

【注释】

①乌衣：即乌衣巷，东晋时王、谢两大家族
居住的地方。②坐看：指以逸待劳。骄兵：这里
指符坚的军队。③骇奔鲸：形容前秦军队来势汹
汹。④眄：看，望。⑤东山老：即谢安，他曾
隐居于东山。也暗指作者自己。叶梦得词中经常

以谢安自况。⑥桓筝：据《晋书·桓伊传》载，谢安因为位高权重，加上小人搬弄是非，晚年被晋孝武帝疏远。一次，谢安陪孝武帝饮酒，桓伊弹筝助兴，并演唱了一首《怨歌行》："为君既不易，为臣良独难；忠信事不显，乃有见疑患。"谢安听了感动得泣下沾襟，孝武帝闻之则甚有愧色。"东山老，可堪岁晚，独听桓筝"指的便是上文的"遗情"。

【赏析】

这是一首怀古感今之作，作于词人凭吊淝水之战的古战场八公山前（今安徽凤台县东南）时。

上片追忆淝水之战。"故都迷岸草，望长淮、依然绕孤城"，这是写淝水之战的地理位置。寿阳，古称寿春，公元前241年楚国国都郢城为秦兵攻陷，曾东逃迁都于此，故词人怀古，称之为故都；东晋改名寿阳，即今安徽寿县。昔日的国都，如今已是杂草丛生，迷茫一片；望淮河的支脉淝水，依然像当年一样环绕孤城寿阳滚流不息。首三句中包含着景物依旧而人事全非之慨。

"想"字以下七句写淝水之战。"乌衣年少"淝水之战东晋将领——谢石、谢玄等人。乌衣，即乌衣巷，晋代王、谢两大贵族居住的地方。

"芝兰秀发"，形容江东子弟作战精神昂扬。"戈戟云横"，写晋军军容和声威。"骄兵南渡，沸浪骇奔鲸"转到对符坚的军队的描写，说他们来势汹汹，不可一世；而面对强敌，江东子弟却从容沉着，只是"坐看"而已，可见其胆略过人。最后以"转眄东流水，一顾功成"作结，将这场大战收拾干净。

下片怀古追今。"千载八公山下，尚断崖草木，遥拥峥嵘"，这三句呼应上片首三句，说战地景物依旧。"断崖草木"用典。淝水之战中，符坚出师不利，本就乱了阵脚。一天，他与弟弟符融趁夜去前线视察，他看到晋军阵容严整，士气高昂，慌乱的他将晋军驻扎的八公山上的草木也都误当成士兵，不禁更为胆战心惊。

"漫云涛吞吐，无处问豪英"，山河依旧，而人事全非。如今强敌压境，朝中却找不到谢家子弟那样的英雄豪杰了。

"信劳生、空成今古，笑我来、何事怆遗情"，这四句表面上看来似乎在自解，但实际上却是在自伤，为下文的才士不见用的深沉感慨做铺垫。"遗情"指的是这样一个故事：东晋宰相谢安，晚年因小人搬弄是非，为孝武帝所疏远。一天，武帝请谢安、桓伊等人喝酒。桓伊精通音乐，武帝令他吹笛助兴。一曲罢后，他说自己弹筝比吹笛还拿手。于是一边弹筝，一边唱出了曹植的一首乐府诗："为君既不易，为臣良独难。忠信事不显，乃有见疑患。"谢安听了，感动得老泪纵横，武帝也深觉惭愧。

词人末三句"东山老，可堪岁晚，独听桓筝"指的便是君臣不容易善始善终的"遗情"。词人此时已经离开了中枢府，未能待在皇帝身边，因而只能"独听桓筝"，内心之凄苦寂寞可想而知。

酬乐天扬州初逢席上见赠

唐·刘禹锡

巴山楚水凄凉地^①，二十三年弃置身^②。

怀旧空吟闻笛赋^③，到乡翻似烂柯人。

沉舟侧畔千帆过，病树前头万**木**春。

今日听君歌一曲，暂凭杯酒长精神。

【注释】

　　①巴山楚水：古时四川东部属于巴国，湖南北部和湖北等地属于楚国。刘禹锡曾被贬到这些地方做官，所以用巴山楚水指诗人被贬任之地。

②二十三年：从唐顺宗永贞元年（805年）刘禹锡被贬为连州刺史到写此诗时，共二十二个年头，因第二年才能回到京城，所以说二十三年。弃置身：指遭受贬谪的诗人自己。③怀旧：怀念故友。闻笛赋：指西晋向秀的《思旧赋》。三国曹魏末年，向秀的朋友嵇康、吕安因不满司马氏篡权而被杀害。后来，向秀经过嵇康、吕安旧居，听到邻人吹笛，勾起了对故人的怀念。序文中说：自己经过嵇康旧居，因此写赋追念他。刘禹锡借用这个典故怀念已死去的王叔文、柳宗元等人。

蜀道难

唐·李白

噫吁嚱，危乎高哉，蜀道之难，难于上青天！蚕丛及鱼凫，开国何茫然。尔来四万八千岁，不与秦塞通人烟。西当太白有鸟道，可以横绝峨嵋巅。地崩山摧壮士死，然后天梯石栈相钩连。上有六龙回日之高标，下有冲波逆折之回川。黄鹤之飞尚不得过，猿猱欲度愁攀缘。青泥何盘盘，百步九折萦岩峦。扪参历井仰胁息，以手抚膺坐长叹。问君西游何时还，畏途巉岩不可攀。但见悲鸟号古木，雄飞雌从绕林间。又闻子规啼夜月，愁空山。蜀道之难，难于上青天，使人听此凋朱颜。连峰去天不盈尺，枯松倒挂倚绝壁。飞湍瀑流争喧豗，砯崖转石万壑雷。其险也若此，嗟尔远道之人胡为乎来哉。剑阁峥嵘而崔嵬，一夫当关，万夫莫开。所守或匪亲，化为狼与豺。朝避猛虎，夕避长蛇。磨牙吮血，杀人如麻。锦城虽云乐，不如早还家。蜀道之难，难于上青天，侧身西望长咨嗟。

诗

碧玉箫

元·关汉卿

席上尊前，衾枕奈无缘①。柳底花边，**诗**曲已多年。向人前未敢言，自心中祷告天。情意坚，每日空相见。天，甚时节成姻眷？

【注释】

①衾枕：被子和枕头。泛指卧具，此处指同床共枕。

【赏析】

元末明初，社会动荡变革，硝烟四起。一群从北向南流亡的戏剧家、曲作家也顺时诞生了，也因封建制度的松懈和奴隶制度的复辟，女性的地位和权益虽未受到所谓上层的重视，但是却受到那些文人骚客的注意，关汉卿的《窦娥冤》

等，都是极具女性意识的作品。

此曲是作者早期作品，细腻地描写了一个女子相思的故事情节。"席上尊前"点出了女主人公与心上人频繁接触的情形，但却是常年终日在"柳底花边"作诗作曲，每日徒然相见却不可道相思之情。"祷告天""情意坚"都说明女主人公对心上人爱得热切；"奈无缘""空相见"则把女主人公因自己地位卑贱，虽与心上人拨弦唱曲多年，也不敢吐露心声的事实体现出来了。两种情感互相胶着，形成对比。这种矛盾心理，把女主人公对于心上人的暗恋情意推向了高潮，然而她并不是选择放弃，而是更加坚定了她对于心上人的爱恋和追求，故而便生出末句"天，甚时节成姻眷"的一问。行云流水，情感动天！

可是，自己的这种愁闷又能向谁倾诉呢？只能在心中默默向天祷告罢了。"未敢"一词就将女子的无奈暗托而出。紧接着，"情意坚，每日空相见"句中，一"坚"一"空"对比使用，既表明了女子对自己爱情的忠贞，又展现了她的失望之情。最后一句向天发问，更是将这一矛盾心理推向了高潮，而不同的是，从言语间隐约感知女子对这份暗恋情怀的执着追求。

齐天乐

宋·姜夔

庾郎先自吟愁赋，凄凄更闻私语。露湿铜铺，苔侵石井，都是曾听伊处。哀音似诉，正思妇无眠，起寻机杼。曲曲屏山，夜凉独自甚情绪？

西窗又吹暗雨，为谁频断续，相和砧杵？候馆迎秋，离宫吊月，别有伤心无数。幽**诗**漫与，笑篱落呼灯，世间儿女。写入琴丝，一声声更苦。

蝶恋花

宋·李清照

暖雨晴风初破冻，柳眼梅腮，已觉春心动。酒意**诗**情谁与共？泪融残粉花钿重。

乍试夹衫金缕缝，山枕斜欹，枕损钗头凤。独抱浓愁无好梦，夜阑犹剪灯花弄。

垂虹亭

宋·米芾

断云一叶洞庭帆^①，玉破鲈鱼金破柑^②。
好作新**诗**寄桑苎，垂虹秋色满东南。

【注释】

　　① 洞庭：太湖有东、西洞庭山。首句意为远
望太湖中船帆，如断云而来。②"玉破"句：意
为鲈鱼如玉，黄柑如金，极言其色泽之美。

自遣

唐·罗邺

四十年来**诗**酒徒，一生缘兴滞江湖。
不愁世上无人识，唯怕村中没酒沽。
春巷摘桑喧姹女，江船吹笛舞蛮奴。
焚鱼酌醴醉尧代，吟向席门聊自娱。

阳春曲

元·白朴

不因酒困因**诗**困，常被吟魂恼醉魂。四时风月一闲身。无用人，诗酒乐天真。

折桂令

元·刘致

弹双丫十八鬟儿，春日当垆，袅袅腰肢。徙倚心招①，依稀眉语，记得前时。探锦囊都无酒资，恨邮亭不售新**诗**。可惜胭脂，转首空枝。千里关山，一段相思。

【注释】

① 徙倚：徘徊。心招：以情态动人。

酒

江城子

宋·苏轼

老夫聊发少年狂①，左牵黄，右擎苍②。锦帽貂裘，千骑卷平冈。为报倾城随太守，亲射虎，看孙郎③。

酒酣胸胆尚开张。鬓微霜，又何妨！持节云中，何日遣冯唐④？会挽雕弓如满月，西北望，射天狼⑤。

【注释】

①聊：姑且。②左牵黄，右擎苍：左手牵着黄狗，右臂擎着苍鹰。《梁书·张充传》中说："值充出猎，左手臂鹰，右手牵狗。"③孙郎：孙权，这里是词人自指。④持节云中，何日遣冯唐：《史记·冯唐列传》载，汉文帝时，魏尚为云中（汉时的郡名，在今内蒙古自治区托克托县一带，包括山西西北部分地区）太守。他功勋卓著，匈

奴远避。一次匈奴来犯，魏尚亲率车骑出击，所杀甚众。后因多报六颗首级，被削职。经冯唐代为辩白后，认为判得过重，文帝就派冯唐"持节"（带着传达圣旨的符节）去赦免魏尚的罪，让魏尚仍然担任云中郡太守。此处词人以魏尚自诩，希望能得到朝廷的重新任用。⑤天狼：星名，一称犬星，主侵掠，这里指西夏。

【赏析】

这是一首描述狩猎的词，作于熙宁八年（1075年）冬，词人时任密州知州。此词是宋人较早抒发爱国情怀的一首豪放词，在题材和意境方面都具有开拓意义。

词本"昵昵女儿语"，苏轼的这首词则出现了"划然变轩昂"的场面，它上片出猎，下片请战，有"横槊赋诗"的气概。词中历来香而软的儿女柔情，换成了报国立功、刚强壮武的英雄事业。

这首《江城子》感情奔放，韵调铿锵，气势雄浑，境界开阔，从艺术表现力来看，词中一连串表现动态的词，如发、牵、擎、卷、射、挽、望等，十分生动形象。此外，这首词表现出了作者的广阔胸襟，希望和理想，姿态横生。

对酒当歌

凤栖梧

宋·柳永

伫倚危楼风细细，望极春愁，黯黯生天际。
草色烟光残照里，无言谁会凭栏意。

拟把疏狂图一醉，对**酒**当歌，强乐还无味。
衣带渐宽终不悔，为伊消得人憔悴。

时时酒圣

绿幺遍

元·乔吉

不占龙头选①，不入名贤传。时时**酒**圣，处
处诗禅。烟霞状元②，江湖醉仙。笑谈便是编修
院③。留连，批风抹月四十年④。

【注释】

①龙头：状元的别称。②烟霞：指山水、自然。
③编修院：即翰林院。④批风抹月：古代词曲多
以风花雪月为题材，故称填词作曲为"批风抹月"。

  飞花令里读诗词

凤凰台上忆吹箫

宋·李清照

　　香冷金猊，被翻红浪，起来慵自梳头。任宝奁尘满，日上帘钩。生怕离怀别苦，多少事、欲说还休。新来瘦，<u>非干病**酒**</u>，不是悲秋。

　　休休。这回去也，千万遍阳关，也则难留。念武陵人远，烟锁秦楼。惟有楼前流水，应念我、终日凝眸。凝眸处，从今又添、一段新愁。

浣溪沙

宋·晏殊

　　<u>一曲新词**酒**一杯</u>，去年天气旧亭台。夕阳西下几时回?

　　无可奈何花落去，似曾相识燕归来。小园香径独徘徊。

酒

定风波

宋·苏轼

　　莫听穿林打叶声，何妨吟啸且徐行。竹杖芒鞋轻胜马，谁怕？一蓑烟雨任平生。

　　料峭春风吹**酒**醒，微冷，山头斜照却相迎。回首向来萧瑟处，归去，也无风雨也无晴。

鹊踏枝

南唐·冯延巳

　　谁道闲情抛掷久？每到春来，惆怅还依旧。日日花前常病**酒**①，不辞镜里朱颜瘦。

　　河畔青芜堤上柳②，为问新愁，何事年年有？独立小桥风满袖，平林新月人归后。

【注释】

①病酒：因常醉酒而病。②芜：小草。

离

转应曲

明·杨慎

　　银烛^①，银烛，锦帐罗帏影独。**离人无语消魂**。细雨斜风掩门。门掩，门掩，数尽寒城更点。

【注释】

　　① 银烛：蜡烛之光皎洁如银，故称银烛。杜牧《秋夕》诗："银烛秋光冷画屏。"

和乐天赠云寂僧

唐·元稹

欲**离**烦恼三千界，不在禅门八万条。
心火自生还自灭，云师无路与君销。

燕山亭①

宋·赵佶

　　裁剪冰绡②，轻叠数重，淡着燕脂匀注③。
新样靓妆④，艳溢香融，羞杀蕊珠宫女⑤。易得
凋零，更多少、无情风雨。愁苦。问院落凄凉，
几番春暮？

　　凭寄离恨重重⑥，这双燕、何曾会人言语？
天遥地远，万水千山，知他故宫何处？怎不思
量，除梦里、有时曾去。无据⑦。和梦也、新来
不做。

【注释】

　　①燕山亭：词牌名，又名宴山亭。燕山：指
燕山府。亭：驿亭。②冰绡：洁白的丝绸，此处
比喻花瓣。③燕脂：胭脂。燕：通"胭"。④靓
妆：漂亮的妆饰。⑤蕊珠宫女：指仙女。蕊珠：
天上的仙宫。⑥凭寄：凭谁寄。⑦无据：无所
倚仗。

水龙吟

宋·苏轼

似花还似非花，也无人惜从教坠^①。抛家傍路，思量却是，无情有思。萦损柔肠^②，困酣娇眼^③，欲开还闭。梦随风万里，寻郎去处，又还被、莺呼起^④。

不恨此花飞尽，恨西园、落红难缀^⑤。晓来雨过，遗踪何在？一池萍碎。春色三分，二分尘土，一分流水。细看来，不是杨花，<u>点点是**离**人泪</u>。

【注释】

①从教：任凭。②萦：萦绕、牵念。③娇眼：美人娇媚的眼睛，比喻柳叶。古人诗词中常称初生的柳叶为柳眼。④"梦随"三句：化用唐代金昌绪《春怨》诗"打起黄莺儿，莫教枝上啼。啼时惊妾梦，不得到辽西"语。⑤缀：连系。

【赏析】

这首词作于元丰四年（1081 年），词人时年四十五岁，正谪居黄州。当时词人的好友章质夫写了首《水龙吟》，内容是咏杨花的。因词笔细腻、刻物生动而传唱一时。苏东坡也很喜欢这首词，便和了这首词寄给章质夫。这首词虽为咏物却并不拘泥于咏物，而是让物象染上了人的主观色彩，借物以寓人的性情。

张炎《词源》云："诗难于咏物，词为尤难。体认稍真，则拘而不畅；模写差远，则晦而不明。要须收纵联密，用事合题。一段意思，全在结句，斯为绝妙。"苏轼的杨花词，不仅"压倒古今"，而且"和韵而似原唱"，充分展露了词人令人叹为观止的才力。

首句"似花还似非花"，定了全诗"若即若离"的基调，在似与不似之间，营造出一种恍惚迷离、亦真亦幻的境界。似花，在形态；似非花，在其神韵。因其似而不似，所以世人都不知道珍惜，任其坠落。"抛家傍路"三句，正是传神之笔，"抛家"是无情地离枝，"傍路"却是杨花自有其思量，一抛一傍，皆含有情思，此处已经暗寓离人心思异动、牵挂远方，为后面杨花的描写由神似而至人化埋下了伏笔。紧接着后三句则完全是拟人语，"萦损柔肠，困酣娇眼，欲开还闭"，不仅形象生动地展现了杨花欲缠绵柳树枝头的心思，更隐约勾勒出因春困而懒怠的女子的娇柔形态。"梦随风万里"及其后几句化用唐人金昌绪的《春怨》诗："打起黄莺儿，莫教枝上啼。啼时惊妾梦，不得到辽西。"借缥缈的梦境，委婉道出女子细腻的心思，同时又与杨花随风飘舞、欲坠还起的姿态自然吻合，十分生动。

下阕首句以情语起，"不恨此花飞尽，恨西园、落红难缀"，"恨"字将惜春的感情推至高潮，杨花原是无人怜惜，自是飞尽也不恨，唯恨落红难缀，春事已了花无痕。此处借落红衬托杨花，曲折地表达了词人对杨花的怜惜之情。"晓来雨过"而问询杨花遗踪，竟是"一池萍碎"，伤春之意，溢于笔端。

接着"春色三分"皆化为泥土与流水，竟是春色全尽，心灰意冷了。这种将春色进行数量分化的写法，曾在苏轼的词作中多次出现，比如为人熟知的"不如留取，十分春态，付与明年"，又如"三分春色一分愁"，巧妙运用数字，不仅将抽象的物体变得可具可感，而且使得词易于吟诵、朗朗上口。

结尾三句，"细看来，不是杨花，点点是离人泪"，取意于唐人诗："君看陌上梅花红，尽是离人眼中血。"南宋曾季狸《艇斋诗话》以为"夺胎换骨"。漫天飞舞的杨花竟是点滴离人的泪珠，饱含诗意的想象道出了离人的愁苦之深。结尾不仅画龙点睛，一语道破全词宗旨，而且以情收束全篇，干净利落又耐人寻味。

此词缠绵悱恻、空灵婉转，是苏轼含蓄婉约之词作。历代名家对此词评价甚高，沈谦的《填词杂说》谓之"幽怨缠绵，直是言情，非复赋物"。现代词论家唐圭璋先生以为此词"咏杨花，遗貌取神，压倒古今"。整首词在若即若离、不即不离中，将拟人与咏物完美融合，刻画出思妇形象。清代沈祥龙的《论词随笔》亦云："咏物之作，在借物以寓性情。凡身世之感，君国之忧，隐然蕴于其内，斯寄托遥深，非沾沾焉咏一物矣。"文字精细、情感幽约、音韵谐美，实为咏物词中的精品。

瓠子歌

汉·刘彻

　　瓠子决兮将奈何①？浩浩洋洋兮闾殚为河！殚为河兮地不得宁，功无已时兮吾山平②。吾山平兮巨野溢③，鱼沸郁兮柏冬日④。正道弛兮**离**常流⑤，蛟龙骋兮方远游⑥。归旧川神哉沛⑦，不封禅兮安知外？为我谓河伯兮何不仁，泛滥不止兮愁吾人。啮桑浮兮淮、泗满，久不反兮水维缓。

【注释】

　　①瓠子：地名，在今河南濮阳县西南。②吾山：一名"鱼山"，在今山东东阿县。"殚为"二句是说塞河久无功，洪水高与山平，人民不得安宁。③巨野：古泽薮名，又名"大野泽"，在今山东巨野县北，北连梁山泊。④沸郁：同"沸渭"，众多之貌。柏：读音与"迫"同，近。"吾山"二句是说河溢巨野，遍地皆鱼，虽然时已近冬，而洪水仍在泛滥。⑤正道：河的正道。《史记》误作"延道"，今据《汉书》校改。弛：坏。离：失。⑥骋：直驰。⑦旧川：指河的故道。沛：大。

别滁

宋·欧阳修

花光浓烂柳轻明①，酌酒花前送我行。

我亦且如常日醉②，莫教弦管作**离**声③。

【注释】

①烂：烂漫。柳轻明：柳色浅青而明媚。②常

日：平日。③弦管：弦乐器与管乐器，指代音乐。

离声：离别的乐音。

忆远

唐·张籍

行人犹未有归期，万里初程日暮时。

唯爱门前双柳树，枝枝叶叶不相**离**。

愁

阮郎归

宋·晏几道

旧香残粉似当初，人情恨不如。一春犹有数行书，秋来书更疏。

衾凤冷，枕鸳孤，**愁**肠待酒舒。梦魂纵有也成虚，那堪和梦无。

寄李儋元锡

唐·韦应物

去年花里逢君别，今日花开又一年。
世事茫茫难自料，春**愁**黯黯独成眠。
身多疾病思田里①，邑有流亡愧俸钱②。
闻道欲来相问讯，西楼望月几回圆。

【注释】

①思田里：指想要归隐田园。②邑：指自己管辖的县邑。

蝶恋花

宋·朱淑真

楼外垂杨千万缕，欲系青春，少住春还去。
犹自风前飘柳絮，随春且看归何处。

绿满山川闻杜宇，便做无情，莫也**愁**人苦？
把酒送春春不语，黄昏却下潇潇雨。

无题

唐·李商隐

相见时难别亦难，东风无力百花残。
春蚕到死丝方尽，蜡炬成灰泪始干。
晓镜但**愁**云鬓改①，夜吟应觉月光寒。
蓬山此去无多路②，青鸟殷勤为探看。

【注释】

①云鬓：形容女子如云朵一样的头发。②蓬
山：蓬莱。

愁

醉花阴

宋·李清照

薄雾浓云**愁**永昼，瑞脑消金兽^①。佳节又重阳，玉枕纱橱^②，半夜凉初透。

东篱把酒黄昏后，有暗香盈袖。莫道不消魂，帘卷西风，人比黄花瘦。

【注释】

①瑞脑消金兽：意为香炉中的香快燃尽了。金兽：兽形的铜香炉。②纱橱：纱帐。

【赏析】

这首词作于词人早期与丈夫的一次分别之后，意在抒发孤居独处的少妇情怀。

"薄雾浓云愁永昼，瑞脑消金兽"，"薄雾浓云"比喻香炉里的香烟。整个屋子里香雾弥漫，仿佛如词人的心境，愁绪溢满心头。孤独一人，纵使千般景致也无心去赏，只觉得时光过得那样缓慢。"佳节又重阳，玉枕纱橱，半夜凉初透"，秋天的夜里凉意透人，又是重阳佳节，却不能与丈夫共度，这令人分外伤怀。

"东篱把酒黄昏后，有暗香盈袖"，词人对酒赏菊。"东篱"取陶渊明"采菊东篱下"诗意。"莫道不消魂，帘卷西风，人比黄花瘦"，末三句直接抒发离愁，为全词词眼，将人与黄花作比，非常传神，刻画出了一个"为伊消得人憔悴"的少妇形象。

清代谭莹的《古今词辩》云："绿肥红瘦语嫣然，人比黄花更可怜。若并诗中论位置，易安居士李青莲。"足见其对"人比黄花瘦"一句的赞誉。以菊花的细长花瓣摹状人的瘦弱，有以形绘神的效果，西风吹得黄花纷纷凋落，更显"瘦"貌，而令词人日益消瘦的，当然是无尽的相思。

相传，李清照曾把这首《醉花阴》寄给远在外地的丈夫。赵明诚读罢，比试之心大起，"忘食废寝者三日夜"，作词五十首，然后把妻子的词夹杂其中，拿给朋友陆德夫品评。陆德夫品味再三，说："只三句绝佳。"赵明诚便问是哪三句，陆德夫回答："莫道不消魂，帘卷西风，人比黄花瘦。"

"无一字不秀雅"，这是清代陈廷焯在《云韶集》中对本词的评价。在李清照以愁见长的婉约词中，本首乃其中典范，其风格柔婉，笔法含蓄，景物、形象皆传情，营造出了幽细凄清的氛围。在时间、地点、情节的转换中情感层层深入，最后以"人比黄花瘦"这一新奇而贴切的比喻做结，把情感推向高潮后又戛然而止，具有强烈的艺术魅力，令人读后回味无穷。

枫桥夜泊

唐·张继

月落乌啼霜满天，江枫渔火对**愁**眠。
姑苏城外寒山寺①，夜半钟声到客船。

【注释】

①姑苏：苏州。寒山寺：传高僧寒山居此而得名。

浣溪沙

宋·秦观

漠漠轻寒上小楼，晓阴无赖似穷秋①。淡烟流水画屏幽。

自在飞花轻似梦，无边丝雨细如**愁**。宝帘闲挂小银钩。

【注释】

①无赖：无可奈何。穷秋：深秋。

飞花令里读诗词

夜

春晓①

唐·孟浩然

春眠不觉晓②，处处闻啼鸟。
夜来风雨声，花落知多少。

【注释】

　　①春晓：春天的早晨。晓：天刚亮。②不觉
晓：不知不觉天亮了。

赠妇诗

汉·秦嘉

　　人生譬朝露，居世多屯蹇。忧艰常早至，欢
会常苦晚。念当奉时役，去尔日遥远。遣车迎子
还，空往复空返。省书情凄怆，临食不能饭。独
坐空房中，谁与相劝勉？**长夜**不能眠，伏枕独辗
转。忧来如循环，匪席不可卷。

青玉案

宋·辛弃疾

　　东风**夜**放花千树①，更吹落，星如雨②。宝马雕车香满路③。凤箫声动④，玉壶光转⑤，一夜鱼龙舞⑥。

　　蛾儿雪柳黄金缕⑦，笑语盈盈暗香去⑧。众里寻他千百度，蓦然回首，那人却在，灯火阑珊处⑨。

【注释】

　　①花千树：形容灯火之多如千树花开。②星如雨：比喻满天的焰火。一说指灯火之盛。③宝马雕车：装饰精美华丽的马车。④凤箫声动：指音乐演奏。《神仙传》卷四曾记载弄玉吹箫引凤的故事，故称箫为"凤箫"。⑤玉壶：花灯的一种。一说为月亮。⑥鱼龙舞：指玩鱼灯、龙灯。

⑦蛾儿雪柳：都是古代妇女于元宵节插戴在头上的用绢或纸制成的应时饰物。黄金缕：此处指以金为饰的雪柳，雪柳有丝绦垂下，故云"黄金缕"。⑧盈盈：仪态美好。暗香：幽幽的香气。暗香去，指美人离去。⑨阑珊：零落、稀疏。

【赏析】

梁启超在《饮冰室评词》中评价这首词曰："自怜幽独，伤心人别有怀抱。"王国维则在《人间词话》中说道："古今之成大事业、大学问者必经过三种境界：昨夜西风凋碧树，独上高楼，望尽天涯路；衣带渐宽终不悔，为伊消得人憔悴；众里寻他千百度，蓦然回首，那人却在，灯火阑珊处。"可见对其评价之高。

全篇营造和渲染出元宵节观灯的热闹气氛。上阕用夸张的手法描绘出灯火之盛和元宵节的盛况，反衬出下阕孤独凄凉的感伤。

"东风夜放花千树，更吹落，星如雨。"此三句的表现手法与岑参的"忽如一夜春风来，千树万树梨花开"颇为相似。东风吹开了夜晚的火树银花，更吹落了如雨般的彩星。"千树"显示出元宵灯节的热闹景象；"星如雨"则表现作者天马行空的想象，在他的笔下，东风不但可以吹落

"树叶""花瓣"，还可以吹落冲上云霄的烟火。

接下来四句，词人紧接着对元宵节的盛景进行描写。"宝马""雕车""暗香""凤箫""玉壶""鱼龙舞"都起到渲染气氛的作用，从视觉、听觉、嗅觉等方面呈现出元宵节闹花灯的热闹场面，为下阕写"那人"的孤独凄凉起到反衬的铺垫作用。

下阕首两句"蛾儿雪柳黄金缕，笑语盈盈暗香去"，词人从上阕的写景转而写人。"蛾儿""雪柳""黄金缕"是元宵节时女子们头上佩戴的饰物，在此代指盛装出游的女子们。一群群盛装打扮的赏灯女子，花枝招展、笑意盈盈地从作者的眼前走过，衣袂飘飘，暗香浮动，可惜都不是他要找的人，内心不免有些失落。

"众里寻他千百度，蓦然回首，那人却在，灯火阑珊处。"在伤心之余，作者苦苦寻觅，蓦然回首，却发现"那人却在，灯火阑珊处"。原来苦苦找寻的人儿，就在那清冷处，仍未归去。此处充分体现词人此刻复杂的情感，其中包含了他多少不易说出的悲感和对人生的领悟、感动。

结尾处辛弃疾描绘出一个远离喧闹、甘于寂寞的女子形象，这其实只是他理想的一种寄托。这首词大约作于作者被罢官闲居之时，词中的女子暗含着他的影子，是他理想和人格的化身。

通观全词，上阕只是单纯描绘元宵佳节的盛况，似无独到之处，然而这正好为下文的精彩之笔做足铺垫。辛弃疾通过描写置身于喧闹外的女子形象，表达自己仕途失意、壮志未酬之下，甘愿独守寂寞，也决不愿与世俗同流合污的高尚情操。

红绣鞋

元·贯云石

挨着、靠着云窗同坐①，偎着、抱着月枕双歌②。听着、数着、愁着、怕着早四更过。四更过情未足，<u>情未足**夜**如梭</u>。天哪，更闰一更儿妨甚么③！

【注释】

①云窗：饰有云样窗棂的窗子。②月枕：月牙形的枕头。③闰：增加，延长。

四时田园杂兴

宋·范成大

<u>昼出耘田**夜**绩麻</u>①，村庄儿女各当家②。
童孙未解供耕织，也傍桑阴学种瓜。

【注释】

①绩麻：搓麻线。②当家：行家、能手。

长安古意

唐·卢照邻

长安大道连狭斜 ①，青牛白马七香车 ②。

玉辇纵横过主第 ③，金鞭络绎向侯家 ④。

龙衔宝盖承朝日，凤吐流苏带晚霞。

百尺游丝争绕树，一群娇鸟共啼花。

游蜂戏蝶千门侧，碧树银台万种色。

复道交窗作合欢，双阙连甍垂凤翼。

梁家画阁中天起，汉帝金茎云外直。

楼前相望不相知，陌上相逢讵相识？

借问吹箫向紫烟，曾经学舞度芳年。

得成比目何辞死，愿作鸳鸯不羡仙。

比目鸳鸯真可羡，双去双来君不见？

生憎帐额绣孤鸾，好取门帘帖双燕。

双燕双飞绕画梁，罗帷翠被郁金香。

片片行云着蝉鬓，纤纤初月上鸦黄。

鸦黄粉白车中出，含娇含态情非一。

妖童宝马铁连钱，娼妇盘龙金屈膝。

御史府中乌**夜**啼，廷尉门前雀欲栖。

隐隐朱城临玉道，遥遥翠幰没金堤。

挟弹飞鹰杜陵北，探丸借客渭桥西。

俱邀侠客芙蓉剑，共宿娼家桃李蹊。

娼家日暮紫罗裙，清歌一啭口氛氲。

北堂夜夜人如月，南陌朝朝骑似云。

南陌北堂连北里，五剧三条控三市。

弱柳青槐拂地垂，佳气红尘暗天起。

汉代金吾千骑来，翡翠屠苏鹦鹉杯。

罗襦宝带为君解，燕歌赵舞为君开。

别有豪华称将相，转日回天不相让。

意气由来排灌夫，专权判不容萧相。

专权意气本豪雄，青虬紫燕坐春风。

自言歌舞长千载，自谓骄奢凌五公。

节物风光不相待，桑田碧海须臾改。

昔时金阶白玉堂，即今惟见青松在。

寂寂寥寥扬子居，年年岁岁一床书。

独有南山桂花发，飞来飞去袭人裾。

【注释】

①狭斜：指小巷。②七香车：用多种香木制成的华美小车。③玉辇：本指皇帝所乘的车，这里泛指一般豪门贵族的车。主第：公主府第。第：房屋。帝王赐给臣下房屋有甲乙次第，故房屋称"第"。④络绎：往来不绝，前后相接。侯家：封建王侯之家。

飞花令里读诗词

夜行船

元·马致远

　　百岁光阴一梦蝶，重回首往事堪嗟。今日春来，明朝花谢，急罚盏夜阑灯灭。想秦宫汉阙，都做了衰草牛羊野。不恁么渔樵没话说。纵荒坟横断碑，不辨龙蛇。投至狐踪与兔穴，多少豪杰。鼎足虽坚半腰里折，魏耶？晋耶？天教你富，莫太奢，没多时好天良<u>夜</u>。富家儿更做道你心似铁，争辜负了锦堂风月。眼前红日又西斜，疾似下坡车。不争镜里添白雪，上床与鞋履相别。休笑巢鸠计拙，葫芦提一向装呆。利名竭，是非绝。红尘不向门前惹，绿树偏宜屋角遮，青山正补墙头缺；更那堪竹篱茅舍。

　　蛩吟罢一觉才宁贴，鸡鸣时万事无休歇。何年是彻？看密匝匝蚁排兵，乱纷纷蜂酿蜜，急攘攘蝇争血。裴公绿野堂，陶令白莲社。爱秋来时那些：和露摘黄花，带霜分紫蟹，煮酒烧红叶。想人生有限杯，浑几个重阳节？人问我顽童记者：便北海探吾来，道东篱醉了也！

图书在版编目 (CIP) 数据

飞花令里读诗词 / 鸿雁主编 . — 北京：中国华侨
出版社 , 2019.10（2024.4 重印）
ISBN 978-7-5113-8035-7

Ⅰ . ①飞… Ⅱ . ①鸿… Ⅲ . ①古典诗歌—诗歌欣赏—
中国 Ⅳ . ① I207.2

中国版本图书馆 CIP 数据核字（2019）第 190707 号

飞花令里读诗词

主　　编：鸿　雁
责任编辑：刘晓燕
封面设计：冬　凡
美术编辑：李丹丹
经　　销：新华书店
开　　本：880mm×1230mm　1/32 开　印张：7.5　字数：230 千字
印　　刷：三河市华成印务有限公司
版　　次：2020 年 2 月第 1 版
印　　次：2024 年 4 月第 10 次印刷
书　　号：ISBN 978-7-5113-8035-7
定　　价：35.00 元

中国华侨出版社　北京市朝阳区西坝河东里 77 号楼底商 5 号　邮编：100028
发行部：（010）88893001　　　传　真：（010）62707370

如果发现印装质量问题，影响阅读，请与印刷厂联系调换。